丝路传说

燕儿斩蛟龙

文昊　主编

新疆文化出版社
新疆电子音像出版社

图书在版编目(CIP)数据

丝路传说. 燕儿斩蛟龙 / 文昊主编. — 乌鲁木齐 : 新疆文化出版社 : 新疆电子音像出版社, 2016.11
ISBN 978-7-5469-9013-2

Ⅰ. ①丝… Ⅱ. ①文… Ⅲ. ①民间故事 - 作品集 - 新疆 Ⅳ. ①I277.3

中国版本图书馆 CIP 数据核字(2016)第 291762 号

丝路传说. 燕儿斩蛟龙

主　　编　文　昊
责任编辑　张启明
出版发行　新疆文化出版社
　　　　　新疆电子音像出版社
地　　址　乌鲁木齐市经济技术开发区科技园路 5 号
邮　　编　830026
印　　刷　三河市燕春印务有限公司
开　　本　700 mm × 1 000 mm　1/16
印　　张　10
字　　数　100 千字
版　　次　2016 年 11 月第 1 版
印　　次　2017 年 1 月第 1 次印刷
书　　号　ISBN 978-7-5469-9013-2
定　　价　27.80 元

目　录 CONTENTS

孔雀河原来也叫皮匠河

从浩瀚的博斯腾湖奔流而出，在霍拉山与库鲁克山之间的铁门关打了个漩的孔雀河，日夜奔腾不息。冬天，它给人们驱赶严寒；夏日，它为人们送去清凉。清澈的河水翻着朵朵浪花，将一个美丽动人的故事传说着。

相传，塔克拉玛干曾经是一片水草丰美、牛羊成群、万顷良田的绿洲。那里炊烟袅袅，牧歌声声，勤劳善良的农牧民过着富足安乐的生活。滋润着万亩良田的河流两岸，分布着许多制作皮革的作坊。在皮匠堆儿里，有一个叫塔伊尔的小伙子。他英俊潇洒，机智勇敢，为人诚恳正直。无论谁家遇到了困难，都会找他出主意、想办法。他也总会竭尽全力，把别人家的事当作自己的事去做。当然，为民办事少不了得罪官府和巴依（财主）。他们怀恨在心，暗中勾结，总想除掉这个他们发财路上的绊脚石。

当地有个贪婪无比的大巴依，名叫买克。他膝下有一个如花似玉的独生女儿，名叫索合拉罕。她早就从人们的街谈巷议中知道了年轻有为的塔伊尔皮匠，并被他的勇气和智慧所折服，被他与人为善的行为所感动。她整天茶不思，饭不香，深深地暗恋着这个年轻的皮匠。纸里包不住火，这事传进了她父亲买克巴依的耳朵。买克巴依火冒三丈，又不好在女儿面前大施威风，便更加嫉恨塔伊尔皮匠。多次软硬兼施地劝说，女儿依然不听他的话。买克巴依买通了官府，派出10名家丁，趁一个月黑风高的夜晚，一把大火点燃了塔伊尔的皮匠作坊。正在睡梦中的塔伊尔被一股羊皮烧焦的浓烟呛醒，只见火光照红了四壁，他毫不迟疑，将棉被往水缸里一浸裹住上身，纵身跳出了火海。

望着在熊熊大火中落架的作坊，幸免于难的塔伊尔悲痛欲绝。为了不给乡亲们添麻烦，他只得远走他乡，顺着河流的方向朝罗布泊走去。

次日清晨，痴情的索合拉罕得知了这一消息。她痛不欲生，昏厥而死。她的灵魂化成了一只美丽的孔雀，终日在河边徘徊。也有知情人说，索合拉罕没有死，而是循着塔伊尔出走的方向，沿河而下，经过九九八十一天的日夜兼程，终于在罗布泊的胡杨树下找到了心爱的人。两人结为夫妻，在那里耕田种地，植桑养蚕，过起了男耕女织的幸福生活。

后来，百姓们为了纪念这位年轻的塔伊尔皮匠，就把这条河取名为皮匠河。现在的孔雀河在维吾尔语发音中叫昆其达里亚，昆其意为皮匠，达里亚意为河流，合起来就是皮匠河的意思。

（谢　中）

克孜不拉克泉

笔者在裕民县采访时，当地人谈起该县哈拉布拉镇的一些历史掌故。其中，克孜不拉克泉的传说年代虽然遥远，但是，与这个传说类似的故事，即便现在在北疆草原上也时有传闻。克孜不拉克泉的传说是这样的：

从前，在阿拉湖东岸、巴尔鲁克山脚下住着两户哈萨克族牧民。其中一家生了个男孩，另一家生了个女孩。

男孩名叫叶尔肯，长得英俊威武，善狩猎。有一次，叶尔肯竟然用一把短刀制服了一只豹子，草原上因此称其为打豹英雄。

女孩叫阿依努尔，能歌善舞，心地纯洁善良，貌美如花。

叶尔肯和阿依努尔从小一起长大。两人长到18岁的时候，私定了终身。

草原上许多大户的公子哥觊觎阿依努尔的美丽，纷纷托人带着礼物来求婚。阿依努尔的父亲是个贪图势利之人，左挑右选，最后答应把阿依努尔嫁给一个比阿依努尔大15岁，出的彩礼最多的公子哥。

阿依努尔非常焦急。她和叶尔肯商量，决定逃婚。一天，乘父母不注意，阿依努尔逃了出来。她与叶尔肯一起来到哈拉不拉河东岸一个叫山凹子的地方，安定下来。

第二年，为了方便牛羊饮水，叶尔肯在门前挖了一口井。没想到，井水太少了，根本不够牛羊饮用。来年，接着挖，井水还是很少。第三年，叶尔肯和阿依努尔有了儿子。叶尔肯兴奋地说：太好了！即使我挖不成大井，也不用担心了，儿子会接着挖下去的。

叶尔肯的话感动了上苍。一阵响动之后，水井处石缝中涌出一大股清泉。许多人听说这里有水了，纷纷搬来居住。时间长了，逐渐形成了哈拉布拉镇现在的规模。

据说，有不少诗人留下过歌颂克孜不拉克泉的诗篇。相传，诗仙李白途经阿拉湖返回中原时，还曾饮克孜不拉克泉水解渴呢。

（李桥江）

阿尔先沟温泉

在新疆，有不少地方有温泉。洗温泉浴能强身健体已被众人熟知，但是哪儿的温泉浴更能让人称心如意？这可不是每个人都知道的。位于巴音郭楞蒙古自治州境内的阿尔先沟温泉不仅能祛病健身，流传在民间的动人传说更叫人魂牵梦绕。

阿尔先，蒙古语意为圣水。阿尔先沟温泉分布广，泉眼多，平均水温在43至63摄氏度之间。水质清冽甘甜，喝一口甜到心里。泉水还含有多种矿物质和微量元素。

第4号泉名叫德鲁合尔次坎阿尔先，意为四箱子。此泉又叫王子泉。据说，这眼泉可治404种病。因为在远古时代，有一位蒙古王子在对敌作战中，被敌人砍得遍体鳞伤，一度昏迷不醒。被部下背回家后，家人曾请医界高手为他医治，可每位医生最后都是摇摇头，叹着气出去了。家人悲恸欲绝。

这时，一位仙人突然出现在蒙古王面前，说："有一个地方可以将王子的病治好。"后来，在仙人的指点下，家人将王子放进四箱子温泉中，将他身上的血污洗净。正洗着，王子一下坐了起来，说："好舒服呀！"从此，王子的身体强壮无比。

第7号泉名叫嘎尔丹巴阿尔先，又称逍遥泉。这眼泉也有一个传说。据说山中有一条巨蟒，盘踞在山谷中一块巨大的石头之上，虎视眈眈地看着过往的人们，阻挡着人们去温泉的路。只要有人路过这里，定会被它伤害。有位英勇无比的猛主，名叫嘎尔丹巴。当他听说这件事后，决心将这害虫除掉。他挎上心爱的剑，偷偷地绕到了巨蟒的背后，正当他举剑下劈时，那巨蟒吐着舌头，转过身子向嘎尔丹巴扑了过来，人蟒大战，直打得飞沙走石，天昏地暗，日月无光。连战了三天三夜，嘎尔丹巴终于把巨蟒劈成两半。随着巨蟒断成两截，巨蟒盘踞的那块巨石也被劈成两半，嘎尔丹巴昏倒在地。

从劈开的巨石中涌出一股清泉，泉水流到嘎尔丹巴的身上，冲洗着他。不多会儿，嘎尔丹巴从地上一跃而起，精神焕发，周身轻松！至今，被劈开的巨石仍在山谷中留存，名为斩妖石。

第12号泉名叫艾肯阿尔先，为间歇泉，时而涌流，时而断流。据说，谁能接上泉水，谁就会生儿子，接的越多，人丁就越兴旺，所以有“望子泉”之称。如果哪位新娘子能用双手接水而点滴不漏，就会很快怀胎生子。

传说只能给人们助兴，而阿尔先沟温泉的确有治疗功效。相关资料记载：阿尔先沟温泉为优质天然冬泉，水中的放射性元素氢超过普通标准，是不可多得的矿泉。洗浴后，对心血管疾病、神经麻痹、瘫痪、风湿性关节炎以及恶性肿瘤等都有显著疗效。

阿尔先沟温泉北临藏登乌鲁山，东依艾肯达坂，海拔2604米。温泉距和静县巩乃斯沟乡政府28千米，有便道相通。阿尔先沟长30千米，宽60米，温泉群在阿尔先沟中间地段，离沟口25

千米。

因为泉水温度高，有些温泉涌出的水可直接用来沏茶或浸泡中草药。而每个泉眼流出的泉水都有不同的医疗作用，如去毒泉、去关节病泉、生肌健骨泉、降温泉、点滴冰泉等。每年一到春天，就会有人拖家带口来到这里洗温泉浴，赏紫气环绕，观瀑布飞流，看云笼雾罩。不仅如此，在这高山草甸上，还生长着党参、贝母、冬虫夏草等名贵药材。这儿不仅能给人以美的享受，还能带来健康的身体，真是一举两得。

（艾　梅）

“耳环河”与“手镯河”

在阿尔泰山脚下，民间叙事长诗《霍孜与巴颜》在哈萨克族牧民中广为流传。长诗中那对恋人美丽的爱情故事像流淌不息的甘泉，缓缓地注入额尔齐斯河的支流阿勒哈克河与别列克孜河。

传说，在一个遥远的部落里，拥有大片草场的牧主有个如花似玉的女儿叫巴颜。她看上了家里诚实肯干、体魄强健的雇工霍孜。巴颜背着父亲，经常到霍孜牧羊的地方幽会，两颗心渐渐地迸出了爱情的火花。

一个寒冷的冬日，牧主听狗腿子说女儿爱上了一个穷雇工，当时就气歪了鼻子。他痛恨霍孜，如同痛恨吃羊的哈熊。一个月黑风高的夜晚，牧主命令家丁剥去霍孜身上的“托恩”（一种不带布面的皮大衣），将其毒打后逐出了牧场。

第二天，当巴颜迎着瑟瑟北风再次来到霍孜放牧的地方约会时，却不见了霍孜的踪影。她心急如焚，跌跌撞撞地返回家里。在家丁们的议论声中，她感到不测的事正在发生。巴颜与嫂子年龄相当，小姑子不嫌贫爱富，对霍孜的一片真心打动了嫂子。她把巴颜叫到自己的毡房，悄悄地含泪吐露了真情。巴颜拭去泪水，请嫂子拿个主意。有马鬃就有马尾，有开始就有结束，嫂子大胆地道出了自己的想法。

天黑了下来，星星比往常亮了许多。姑嫂俩摸进马厩，把牧主平时最爱的两匹马——“千里火”和“万里云”牵了出来。嫂子备好了奶酪、包尔萨克和“托恩”，指明霍孜出走的方向，将巴颜扶上了马。

巴颜打马如飞，终于在黎明时分追上了披着破布条在风中踉跄前行的霍孜。情人相见分外眼明。相拥过后，巴颜赶紧把“托恩”披在霍孜身上。他们就地燃起一堆火，诉说着一天多的相思之苦和对牧主的痛恨之情。

这时，牧主的家丁追了上来。霍孜带着巴颜策马扬鞭，夺路逃生。慌忙之中，一道河横在了眼前。他们顾不了许多，纵身跳入水中。河水汹涌，几次把巴颜打倒在水中，但都被霍孜救起。无情的浪涛没能夺走她的生命，却把她心爱的耳环冲落了，耳朵上鲜血直流。过河跑了四五十里路，眼前又是一道洪水滔滔的大河。这一次又把巴颜的手镯冲走了。值得庆幸的是，他们丢掉了首饰，也甩掉了追兵。

后来，人们为了纪念这对情侣，给两条河分别取名阿勒哈克河和别列克孜河，在哈萨克语里分别是“耳环河”与“手镯河”的意思。

（谢　中）

成吉思汗喀纳斯避暑遇仙姑

喀纳斯湖位于我国新疆阿尔泰山深处，是一个高山湖泊，海拔1374米。它的周围重峦叠嶂，连绵起伏，苍松翠柏，草木蓊郁，不到跟前，便看不到它神奇美丽的风采。

关于它的神奇美丽，根据稗官野史，曾经流传下来两首诗歌，作者就是曾经辅佐成吉思汗西征的元代著名政治家和诗人耶律楚材，现录如下：

塞外明珠哈纳斯，风神绰约胜天池。
烟笼寒水云为鬟，日照碧波肤似脂。
丽质天成难自弃，仙姿无计避人窥。
坡翁倘幸亲芳泽，比拟藐姑应有诗。

其二

寻幽那计苦奔驰，毕竟此湖天下奇。
日照山花红烂缦，波摇树影绿参差。
森森古木消长夏，渺渺深潭息巨鲑。
最是松峰绝险处，观鱼胜过富春湄。

诗中提到了“藐姑”，即《庄子》书中所说的藐姑射仙人。

原来据说那耶律楚材曾经在喀纳斯湖随同成吉思汗会见过这位仙人。事情的经过是这样的：

当年一代天骄成吉思汗率师西征，路过阿尔泰山，当时正是盛夏季节，天气炎热，人马疲惫，便决定在阿尔泰山下作短期休整。有一天，成吉思汗策马进山打猎取乐，不料胯下宝驹"照夜白"足健如飞，翻山越岭，如履平地，成吉思汗贪恋山中野花芬芳，风景幽美，便听任宝驹向前飞驰，不知不觉来到一大湖畔。这里古木参天，湖光潋滟，而且气候凉爽，空气清新，令人流连忘返。便下令就在湖畔安营搭帐，作为夏宫。

一天，忽然侍卫来报，他的宝马"照夜白"，在湖畔吃草时，突被湖中妖怪拖入水中不见了。成吉思汗最爱他的宝驹，一闻此言，十分震怒。当下传谕召见国师长春真人丘处机，询问此事究竟。长春真人稽首言道："大汗不必发怒，贫道揣想大汗神威远播，区区水怪谅必不敢冒犯龙颜，想必另有缘故。臣请亲自前去查看，或许能发现一些蛛丝马迹。"成吉思汗当即允奏。

却说长春真人来到湖边，找来当地蒙古族牧民询问。牧民们纷纷禀告：这湖名叫喀纳斯湖，方圆百里，水深千尺，水中并无其他生物，只有一种红尾大鱼，大的可达十丈。每当正午时节，它们就游到水面，互相追逐嬉戏。它们巨口利齿，力大无穷，牛羊牲畜如果来到湖边饮水，往往被它们一口吞噬。正说话间，忽听"哗喇"一声，水中冒出一个巨大鱼头，张开大口，向岸上喷出一股水柱，转瞬即隐没水中不见了。人们在惊慌之余，但见喷来的水柱，淹没了一大片土地，当水退以后，发现地上有一个黄色布包。长春真人打开一看，原来是一札蜡封的书信，封面写着

"成吉思汗麾下亲启"，当即亲身送呈大汗并详细报告了耳闻目睹的一切。

成吉思汗拆开书信，但见信中写道：

大汗麾下：

下属贪婪无知，吞噬宝驹，获罪不浅。特函请求宽恕。妾乃藐姑射山仙人，幽居深山，不与尘世，已有千年。兹有幸交往，敢不尽地主之谊？特函相邀一晤，借赎前愆，尚希踢步为幸。明日正午自有数敝属相候，可无虑也。

特此敬候

勋安

藐姑射仙人顿首！

大汗看罢信件，询问长春真人关于藐姑射仙人的情况。长春真人当即禀道："臣在《南华真经》即《庄子》中曾经读到'藐姑射山仙人，肌肤若冰雪，卓约若处子'，但未知其详，可能系远古得道真仙。承其主动相邀，实乃大汗洪福，不如允其所请，或可蒙其指示迷津。臣虽不才，足堪保驾，大汗尽可放心前往。"

于是成吉思汗决定前往赴约，并令长春真人和"吾图撒合里"（蒙古语为"长髯人"，是成吉思汗对耶律楚材的爱称）伴驾。

到了第二天正午，成吉思汗一行三人来到湖畔。忽听"哗啦"一声，湖水骤然分开，露出一条宽阔大道，道中闪出两名金甲壮士，躬身向大汗施礼，请求大汗进入水下仙宫。大汗等当即随同金甲壮士步入水下。但见大道两侧，长满奇花异草，远处仙乐阵阵，随即有无数仙女，风鬟萦雾，长袂飘举，列队迎候。进入仙阙，但见琼楼玉宇，栉比鳞次，香烟缭绕，静雅非常。升到仙庭，堂上仙姬如云，居中一人神清气朗，肌肤如雪，道骨仙风，乃一中年道姑。道姑稽首将大汗等人迎至中堂，互道问候之意。仙姬奉上茶具，乃琼浆玉露，饮下沁人心脾。道姑言道："大汗宝驹被吞，乃愚仆鲑精所为，已捆绑庭下，候大汗发落。"大汗当即答道："区区马驹，何足挂齿？若非贵仆（即你的仆人）造次，岂有今日之晤？尚乞免其罪责，则无任感荷！"道姑闻言甚喜，当即令人将鲑精松绑。

道姑起立言道："山野僻远，无可奉献，果酒素餐，聊供饮啜，尚希大汗笑纳！"于是仙姬摆上酒馔瓜果，宾主入座，共享佳肴。其中果蔬，均世间未见，味美香浓，俱属仙品。席间大汗询及军旅征战及人间兴衰之事，道姑均逊谢不答，仅称："人神异道，仙俗殊途，尘世纷争，恕不与闻。不过，敬以一言相告：孟轲有言：'不嗜杀人者能一之'，尚希大汗长记此言！"

宴罢告别，道姑赠大汗玉佩一双，称此佩乃冰精制成，佩带身边，可祛牙避暑，益寿延年，逢凶化吉，遇难呈祥。大汗后来多次遭到意外事故，都能化险为夷，绝处逢生，都是因为有了此物的缘故。

（白　垒）

长髯人山头陈大计得仁山金口赐佳名

根据史书记载，一代天骄成吉思汗率师西征时，随侍帐前常备咨询的亲信人物共有两人，一位是全真教主、长春真人丘处机，一位就是“身长八尺，美髯垂胸”的契丹人耶律楚材。他们二人虽然没有任何官职，又不是蒙古亲贵，但却深得成吉思汗的信任。长春真人道行高深，见闻广博。大汗每有疑难问题，总能从他那里得到满意的解答，故被尊为“大师”。耶律楚材为契丹人，精通儒术，学识渊深，经常向大汗奏陈军国大计，助划战守方略，而且往往取得重大效果。由于耶律楚材长髯及腹，大汗总是亲切地叫他做“吾图撒合里”（蒙古语意为“长髯人”）。流传在新疆阿尔泰山一带关于他在得仁山上向成吉思汗奏陈统一欧亚大陆的雄图伟略的故事，就是其中的一件。

大约是在1218年的夏天，成吉思汗命令大军在阿尔泰山下安营搭帐，进行休整。他自己则带领亲信侍从来到额尔齐斯河畔避暑行猎。

有一天，成吉思汗由耶律楚材陪同，驰马来到河畔一座黑石山头。山虽不高，却颇得形势。大汗立马高岗，环顾四野，但见群山低首，万木争荣，鹰击长空，鱼翔浅底，不禁喟然十声长啸，震得山鸣谷应，风振叶落。骤然想起西征在即，长远方略尚未制定，不妨征询一下耶律楚材，看他有何神机妙算。当即回头问耶律楚材道："军国大计，尚在运筹，卿有何卓见，不妨奏陈于朕，可直言之，不必有所忌惮。"

这些天来，耶律楚材深知大汗正在酝酿西征方略，因此他也曾为此深思熟虑，拟定了一整套分析当前形势以及如何行动的对策。现在大汗主动问及，自应直陈所见，才不辜负大汗知遇之恩。于是他便侃侃答道：

当今天下大势，西夏新亡，金宋积弱，阿尔泰山以西直至欧罗巴洲，各国自相攻杀，兵力大耗；兼之中亚地区久旱不雨，牲畜死亡枕藉，百姓惶惶不可终日，此天赐大汗一统天下之机也。当前西征首当其冲者为花剌子模（当时建立在我国新疆以西，伊朗、阿富汗以北的一个国家），彼虽地广兵多，然其主摩诃末软弱无能，忌贤亲佞，人多叛之。臣意以为我军宜集中主要兵力，明言交好，暗施突袭，定能一战而灭其国。然后兵分三路，长驱前进，一路向西北取钦察及斡罗斯（即俄罗斯），一路正西取宽里吉斯海（即里海）和黑海，一路向西南取申河（即印度河）波斯。以我常胜勇武之军，对彼分崩离析之众，必将势如破竹，迅如卷席，欧亚大陆，指日可下。

至于金宋两国，可遣一偏师，迂回袭扰，佐以离间诱降，定能旦夕得手。

"臣愚以为，取天下以力，治国家以仁，得仁者昌，肆暴者亡，此古今之至理也。昔秦始皇用诈力而一统天下，立国以后，仍以对敌之术御民，残毒侵扰，民无宁日，以致不及三世，国祚断绝。

汉高祖以及文景诸帝，宽刑薄赋，与民休息，重本抑末，锄强扶弱，于是民以殷盛，国以富强。成败之分，殷鉴不远。故臣以为平叛乱当用武力，对已降宜施恩抚。至于治国安邦，则宜敕立儒学，广施仁政，授经书以教化万民，劝农牧以富足众庶，如此则不须时日，天下必安定富足矣。”

成吉思汗听后，十分满意，高兴地说道：“我之有吾图撒合里，犹鱼之有水也！”以后成吉思汗的许多用兵治国的重大措施，都是以耶律楚材的上述对策为依据。此是后话。

过了一会儿，大汗又指着所登山岗问耶律楚材：“此山何名？”耶律楚材答道：“问过此间牧民，尚无定名。”大汗说道：“你不是要我得仁吗？那就取名‘得仁山’如何？”耶律楚材十分激动地应道：“君因得仁而永昌，山名得仁而远播，非特万民之幸，亦此山之幸也！”

从此以后，得仁山之名便一直流传到现在。

（白　垒）

成吉思汗六跨阿尔泰山的故事

一代天骄成吉思汗像狂飚一样兴起于蒙古草原，然后吞并阿尔泰的乃蛮部众，东灭金宋，西征中亚东欧，在短短的二十多年时间，就建立了横跨欧亚的庞大帝国，成为震撼世界、彪炳史册的杰出人物。他曾前后六次跨越阿尔泰山，给当地各族人民留下了许多可歌可泣的传说故事。

“阿尔泰山”蒙语为“金山”之意。它像一个巨大的“人”字，耸立在我国新疆的西北边境，恰好成为我国与哈萨克斯坦、蒙古的界山。

在公元12世纪时，成吉思汗为了南伐西域波斯，西征钦察俄罗斯和花剌子模，曾把阿尔泰山麓作为重要的前沿基地，因此成吉思汗曾经在阿尔泰山深处喀纳斯湖畔度过酷暑严冬，在额尔齐斯河畔的得仁山（在今北屯）上点过兵将，在阿勒泰地区的许多地方都曾留下他的足迹。

成吉思汗第一次跨越阿尔泰山是在公元1202年。当时蒙古科布多以西整个阿勒泰地区都是乃蛮部落的地盘。当时乃蛮部落首领不亦鲁黑汗手下有骑兵数万，时常侵扰蒙古草原西部的科布多地区，成为成吉思汗的心腹之患。于是成吉思汗联合另一蒙古汗国首领克烈亦汪汗向乃蛮不亦鲁黑汗进攻，双方在科布多河畔展开一场激烈的战斗。成吉思汗的铁骑军骁勇善战，迅猛异常，侧翼又有克烈亦汪汗的部队迂回包抄，不亦鲁黑汗见形势对己十分不利，便率领部下沿科布多河向阿尔泰山后撤，他以为登上阿尔泰山，便可凭险据守。哪知成吉思汗早有谋算，抢先占据了阿尔泰山各个隘口，使不亦鲁黑汗的打算落空。他不得不顺着山麓继续西撤，然后沿着乌伦古河向西逃走。这时，成吉思汗的骑兵一律轻装，而乃蛮军队还得掩护家属、牲畜一齐逃走，当然只有挨打之势。如此且战且逃，当乃蛮部落逃到布伦托海地区，人畜已经所剩无几了，不亦鲁黑汗不得不俯首投降，成为成吉思汗的部属。这时阿尔泰山东北还有乃蛮余部在那里聚集，于是成吉思汗又挥师东返，迳自渡过额尔齐斯河，翻越高耸陡峭的阿尔泰山，将乃蛮余部消灭。

这次翻越的是阿尔泰山东北山口，那里雪齐马腹，而且终年不化，冰河下泻，形成又陡又滑的冰大坂，两边又是壁立千尺的石崖。部队只得伐木垫道，凿冰开路，艰难前进。粮草供应不上，便只得杀病伤的马匹度过饥荒。成吉思汗的部队素来驰骋于草原上，这次是第一次领略到阿尔泰山的险峻和山地行军的艰难。

两年以后，成吉思汗第二次跨越阿尔泰山。

当时乃蛮余部在首领塔阳汗的领导下逐渐兴旺发展起来。公元1204年春，塔阳汗率部三万人东犯蒙古杭爱山，向成吉思汗挑衅。塔阳汗的儿子古出鲁克年轻气盛，初生牛犊不怕虎，他率领轻骑三千进袭成吉思汗的军队。终因骄傲轻敌，被驻守在杭爱山的成吉思汗的部队击破。蒙古军队乘胜回击，又在阿尔泰山东南支脉库齐老台山的纳忽崖追上塔阳汗和古出鲁克的余部。纳忽崖峭壁嶙刚，寸草不生，为了避免全军覆灭，塔阳汗下令杀死战马，剥下马皮，拧成皮绳，从崖顶放下，让将士们缒绳下崖，辎重等物全部丢弃。塔阳汗父子虽然侥幸逃脱，但人马死伤惨重，三万部众只剩下三千。成吉思汗紧追不舍，用同样的方法追下山崖，一直追到北塔山南，把塔阳汗的部队逼进将军戈壁。

将军戈壁位于阿勒泰草原南边，绵延数百里寸草不生，滴水全无，只有黑石一望无边，白天酷热，晚上寒凉，人进入其中，极易迷失方向，转了几天，不是冻饿而死，就是渴死。当塔阳汗父子发现自己已经进入绝境，明知只有死路一条，便下决心与成吉思汗的军队决一死战。经过三个时辰的疯狂肉搏，三千人死的死，伤的伤，健全的人已经没有多少。成吉思汗恼乃蛮部反复无常，多次侵扰他的领地，一怒之下，便下令将乃蛮部众活着的将士一个不留地斩尽杀绝。一时间只见黑石荒甸上到处是断臂残肢，鲜血淋漓，一片凄惨景象，不忍目睹。经过一段时间饥鹰的啄食和自身的腐朽，只留下白骨累累，在黑石头的映衬下格外刺目。到了晚上，“鬼火”荧荧，随风飘动，更令人怵目惊心。于是这里便以“白骨甸”的名字为名，直到现在。

成吉思汗第三次跨越阿尔泰山是1205年。

1204年的秋天，成吉思汗消灭乃蛮塔阳汗部后驻在精河休整。这时居住在额尔齐斯河源的篾儿乞部又崛起自立，与成吉思汗为敌，而且占据从阿勒泰草原通往蒙古的重要关隘阿来岭（即现在的奎屯峰），堵住了成吉思汗的归路。这对于成吉思汗来说，显然是一巨大的威胁。于是一场决战又开始了。篾儿乞以精兵扼守阿尔泰山各条山路，而把主力放在阿来岭上。他自以为形势对己有利，成吉思汗纵然兵多将广，善于谋略，但山势奇险，关隘重重，插翅也难飞越，这一回算是他倒大霉的时候了。

哪知成吉思汗果然不愧一代天骄。他得知篾儿乞部凭险据守，又值严冬降临，如果硬攻险隘，势必白白送死，倒不如以逸待劳，先在阿尔泰山阳坡找一避风山谷安营扎塞，等到度过严冬，再作计较。于是他选定喀纳斯湖畔一处谷地做为自己的冬宫，部队则散居阳坡丛林之中。

喀纳斯湖本在丛山之中，地势虽高，却冬暖夏凉。何况附近蒙、哈牧民部落星罗棋布，部队供给问题较易解决，更可在湖上凿冰捕鱼，改善生活。因此一个冬天，反而把他的部队休养得更加剽悍骁勇了。

再说篾儿乞在山上摆开阵势专等成吉思汗前来攻打。哪知一等数月，踪影全无。古人云，师劳则力竭，他的军队士气日益低落。加之山上牧民夏来冬归，供给又十分困难。快到冬天来临之时，篾儿乞只得自行撤到阿尔泰山北坡草地，以待来年，只留少数哨兵驻守山隘。第二年刚一转暖，成吉思汗就以迅雷不及掩耳之势夺取阿来岭，然后居高临下，突袭篾儿乞的营寨，直杀得篾儿乞人仰马翻，仓皇逃命。成吉思汗也不追他，而是向蒙古老营方向胜利班师。

1205年夏天，篾儿乞不甘心失败，又联合乃蛮余部在阿来岭以西的不黑都儿麻河源头摆开阵势，下战书要成吉思汗前来一决胜负。于是成吉思汗不得不掉转马头，第四次跨越阿尔泰山。

不黑都儿麻河源，在西部阿勒泰山东麓，丘陵起伏，溪流纵横，虽然不便战马奔驰，却也易于攻战。成吉思汗的军队久经沙场，能征惯战，他又深知篾儿乞与乃蛮部貌合神离，只不过是由于利害相同，暂时互相利用而已。于是他故意不打乃蛮，而是集中主要力量猛攻篾儿乞部。篾儿乞部本来就是成吉思汗铁骑军的手下败将，哪里还经得起铁骑军的猛打猛攻？方一接触，就溃败下去，而且一发不可收拾，沿着额尔齐斯河一直逃到钦察汗国的领地。乃蛮部见篾儿乞部迅速溃逃，为了保存实力，也就向北逃到喀喇契丹的领地。成吉思汗这才胜利班师，从容不迫地第四次翻越阿尔泰山，回到和林老营去了。

到了1219年春末，成吉思汗完成了东征的军事行动，扩充了部队，更新了装备，便开始其史无前例的西征。他再次经过阿来岭跨过东阿尔泰山，来到额尔齐斯河畔的得仁山下安营扎寨。这就是他第五次翻越阿尔泰山。由于多次取道这条山路翻越阿山，沿途已经设有驿站，道路也已经过修整，成为当时著名的北方丝绸之路的重要地段，这次，翻山当然十分顺利。

不久各路大军陆续来到得仁山下，但见营帐连绵，人声鼎沸，往日寂静广漠的戈壁荒滩顿时变得十分喧闹。

在一个阳光灿烂的早晨，各路大军整齐地列队得仁山下。成吉思汗立马高岗，环顾山下，但见旌旗蔽日，战鼓喧天，金甲耀眼，雪刃凝寒，场面极其威武雄壮。成吉思汗神采飞扬地振臂一挥，全军当即噤声肃立。当他大声高呼“蒙古铁骑军万岁！”山下十万大军立即齐声欢呼：“成吉思汗万岁！万岁！万万岁！”欢呼声震天动地，久久回荡在浩瀚长空。

成吉思汗接着宣布西征开始，并点了统率西征三路大军的将军的名字，他们是西北路军将军旭烈兀，西路军将军窝阔台，西南路军将军察罕台。后来这三位将军经过多年征战，终于攻取钦察、斡罗斯（即后来的俄罗斯）、花剌子模、波斯和兴都库斯山一带广大地域，分别成立钦察、窝阔台、察罕台三大汗国，同受元朝帝国的节制，此是后话。点将过后，各路大军便分头出发。成吉思汗则率领亲兵随察罕台向西南进军，后来，在兴都库斯山设立大本营，以督领各路军事。

经过六年多的军旅生活，成吉思汗已经 64 岁，进入垂暮之年。他自己也深感鞍马劳顿，精力大不如前。甚至骑马也感到力不从心。于是将全部军务交给太子窝阔台处理，自己决定回到蒙古和林老营颐养天年。一路之上，部属担心他受不了马背颠簸，特给他精心制作了一辆特大牛车。车上放着他平日住宿的金顶帐棚，他可以在帐中或立或卧，或走或坐，如在地上一般。牛车用 64 头犍牛拉着，行驶虽慢，却很平稳。

当金帐牛车来到阿尔泰山下（这是成吉思汗第六次跨越阿尔泰山），由于山路险陡，牛车势难翻越，便只得赶制一个带顶肩舆，由八人抬在肩上。就这样也难以通过，便派一千士兵再次拓宽山路，为此曾用了一年之久的时间。

后来，成吉思汗虽然第六次跨过了阿尔泰山，却在回到和林的途中溘然逝世，享年 67 岁。一代豪雄，虽然没有亲眼见到跨越欧亚的庞大蒙古帝国的建立，但却也英名永存了。

（白　垒）

布伦托海张兴起义的故事

在新疆北部布伦托海沿岸，土地肥沃，水草丰美，是一块理想的农牧基地。清朝初期，从陕西、山西等省逃荒来疆的难民原本在玛纳斯、沙湾一带开荒种地，艰苦度日。由于不堪贪官污吏、地方豪强的压迫剥削，便纷纷逃到布伦托海地区定居。他们披荆斩棘，拚死拚活地开垦出来一部分土地，正准备过几天自食其力的安稳日子，不料军阀官僚却又跟踪而来。清朝政府开始在布伦托海地方设置办事大臣，任伊犁将军李云麟为办事大臣。李既是杀人不眨眼的刽子手，又是贪婪成性的吸血虫，不到一年就把垦民们压榨得喘不过气来。

公元1867年5月，他们联合当地哈、蒙各族兄弟一共三千余人在屯田守备李俊的率领下，毅然举起义旗，抗击军阀官僚的压榨剥削。起义军尽管手中只有刀矛棍棒等原始武器，但因胸怀满腔怒火，拚杀起来个个奋勇争先，以一当十。第一仗就杀得官军望风披靡，溃不成军，连办事大臣的衙门府第都被起义军攻占。李云麟狗急跳墙，竟然认贼作父，不惜引狼入室，火速向设在我国西北边境斋桑湖的沙俄哨所请求援助。

沙俄政府早就对我国西北边陲广大领土心存觊觎，曾不断派遣拓边部队蚕食鲸吞我国大片领土。驻守在巴尔喀什的沙俄将军哈巴罗夫更是野心勃勃，无时无刻不在等待时机向我发动侵略。当李云麟发出求援信后，他真是求之不得，便立即命令驻守在斋桑湖哨所的两个连队立即开往布伦托海地方，帮助镇压起义军，并亲自带领主力部队随后出发。他满以为起义军哪是他的骑兵部队的敌手？趁此机会占我国大片土地还不是唾手可得的？却万万没有想到起义军将士一听说沙俄老毛子子部队就要来抢占我国领土，无不义愤填膺，咬牙切齿，他们既愤恨李云鳞卖国求安、引狼入室的可耻行径，更痛恨老毛子趁火打劫的卑劣行为，他们认为，相比之下，老毛子更是当前最危险的敌人。如果不打垮他们的侵略气焰，就有失地辱国的严重后果。于是他们分出一支精壮队伍，由垦民首领张兴率领抗击沙俄侵略军。

张兴祖籍陕西米旨，自幼喜爱舞刀弄棒，结交江湖豪侠，并且急公好义，济困扶危，在乡亲中本有极高的威望。在起义作战中他更是有勇有谋，战绩卓著，因而大家都推他为副统帅。沙俄侵略军仗恃自己军马健壮，武器精良，根本不把起义军放在眼内，竟敢大摇大摆地长驱直入布伦托海腹地。张兴带领的起义军故意坚壁清野，让出村寨以麻痹敌人，自己则分散隐蔽在村寨周围的丛林乱石中。等到天已黑定，老毛子刚刚放马卸鞍，准备睡下，他们突然发起猛攻，从四面八方突袭敌人。老毛子只听见到处炮火连天，杀声四起，也不知道有多少敌人，从哪里攻来，一个个吓得屁滚尿流，抱头鼠窜而逃。这一仗老毛子还没有来得及鸣枪放炮，就死的死，伤的伤，个别跑得快的逃回哨所，奔向大营，于是加油添醋地向将军哈巴罗夫报告起义军如何骁勇善战，神出鬼没。哈巴罗夫登时像一瓢冷水从头顶浇下，狂妄的气焰顿时烟消云散，便立即掉转马头，返回到原来驻地，再也不敢深入我国领土，侵吞我国土地。

再说起义军打退了沙俄侵略军的进攻，更使李云麟胆战心惊，惶惶不可终日。为了保住自己的狗命，他仓惶带领少数亲信，一口气逃到青河才停下脚来。起义军全体将士在欢庆胜利之余，在首领张兴、李俊的部署安排下，精壮练兵习武，老弱放牧种田，人心安定，秩序井然，布伦托海俨然是一派和平安乐的世外桃源。

哪知好景不长，统治剥削阶级是不会甘心于自己的失败和人民的胜利的。当时的清朝同治皇帝闻知此事以后，气急败坏地一面将镇压不力的办事大臣李云麟撤职查办，一面调令新疆伊犁地方步兵和蒙古科布多骑兵共一万余人，在蒙古鄂尔泰亲王的率领下，从东西两面分击合围起义军。另外他们还以高官重奖暗中收买起义军中的个别动摇分子从中破坏。不久起义军首领李俊被他的部下暗杀，起义军也在众寡悬殊的形势逼迫下，经不住蒙古铁骑的反复冲击，将士死伤惨重，部队土崩瓦解。张兴兄弟几经冲杀，身上多处受伤，最后力竭被俘。这场震撼阿勒泰草原的反帝反封建的革命风暴，就这样在封建统治者的血腥镇压下失败了。

起义军失败后，清朝统治者更以空前残酷的手段对付手无寸铁的起义军被俘将士及其亲属。他们几乎全部杀死了被俘和受伤的起义军将士，到处是尸积如山，血流成河，断头残肢，随处可见，实在惨不忍睹。他们还把老弱病残的起义军家属强行押往阿尔泰山下克郎河源一带监督劳动。连绵数里的老弱妇幼大军，在官军的鞭打催逼下艰难徒步行走在戈壁荒滩中。他们冒着严寒饥饿，啼泣之声不绝于耳，真是一番不忍目睹的悲惨景象。当押解张兴兄弟的官军队伍行经这个老弱妇幼的大军行列时，他们亲眼看到曾经带领他们挣脱枷锁并给他们带来幸福生活的起义军首领和亲人竟被狗强盗们折磨得遍体鳞伤、奄奄一息的样子，他们都禁不住地号啕大哭起来。大家纷纷涌上前去，拦住押解的队伍，不让他们前进。张兴这时更是心如刀绞，泣不成声。负责押解的官儿见此情景，吓破了胆，赶快命令士兵驱散号哭的人群。他生怕这些近乎疯狂的老人妇女和儿童会把张兴兄弟救走，自己交不了差，而且性命难保，便在到达克郎河源的红墩地当天晚上秘密地杀害了张兴，而将他的弟弟张与连夜押往科布多。不久张与也就在科布多英勇救义。

第二天清早，当人们发现张兴尸体时，大家都呼天抢地，痛哭流涕。这里正是初冬季节，大地萧疏，寒风呜咽，群山低首，千林带孝，好像大千世界都在为革命志士张兴的壮烈牺牲而深切哀悼！红墩附近有一个湖泊。当时尚未定名，大家为了永远地纪念自己的英雄和亲人，便把这个湖叫做张兴湖，一直到现在。

（白　垒）

玉素甫·哈斯·哈吉甫其人

在喀什市的名胜古迹之一玉素甫·哈斯·哈吉甫陵墓里，长眠着我国中世纪维吾尔族伟大的诗人、学者、思想家、哲学家和政治家玉素甫·哈斯·哈吉甫。

公元1017年至1018年之间的某一天，中亚巴拉沙衮的一个维吾尔名门望族的家庭里，诞生了一个英俊的男孩。父亲为他取名叫玉素甫。从孩提时代开始，他就受到良好的家庭教育。以后，他又系统地接受了文化教育和宗教教育，并通过自己的刻苦努刀，成为一个见多识广，品行端正，造诣很深的宗教学者，同时还是一个著名的诗人。人们都称呼他为阿吉·玉素甫。

玉素甫虽然出身名门，但从小好学，喜欢四处周游，不仅爱看、爱听，而且爱问，凡事都要刨根问底，要知其所以然。在巴拉沙衮生活期间，他经常出入民间，接触下层，亲眼看到过劳动人民的疾苦，亲耳听到过贫苦大众的呼声。玉素甫同情他们，经常想为改变他们的境遇而做点什么。

玉素甫的进步思想，经过多年的提炼升华逐渐形成了一个“用知识可以实现理想”的思想体系。结合这个思想体系，面对王朝腐败和人民的生活状况，他感时伤事，开始向往着创造和追求一个正义、清廉、文明、友善、民富、国强的理想国度和理想社会。当时的喀喇汗王朝正在经历由盛而衰的转折，做为王族成员的玉素甫，当然不愿看见王朝末日的到来，他是一个有理想有抱负的思想家，他想运用自己的知识来影响王朝的执政者，通过实施一些改革，把王朝改变成为自己憧憬的理想国度。对于王朝政治、经济、社会矛盾，他的心中已构想好了一整套整治王朝的蓝图。他想用自己的思想启迪教化执掌朝政的大汗，挽救王朝摇摇欲坠的大厦，但他又不能直接进入宫廷去批判汗王，那只能招来杀身之祸。最好是给他们提供一部足以鼓舞人心，经邦济世的著作，让他们自己去感悟。

他决定发挥自己的优势，拿起笔，以诗歌的形式，用诗歌特有的形象化语言，来抒发自己的思想。于是，他开始创作一首长诗。在诗中，他运用诗剧的形式，一问一答，叙事说理，通过虚构的一个理想国度中的四个人物的对话，融入了自己的思想。诗中写到了管理国家机器的方法，写到了促进社会繁荣的措施，写到了提高人们道德品质和文化修养的途径，写到了教导人们处事做人的箴言，写到了知识的社会价值。内容涉及到哲学、政治、社会、军事、经济、文化、宗教、伦理等方方面面。可以说是一部韵文体的大百科全书。

在巴拉沙衮，玉素甫的著作写了大约一半，有人告诉他："你的一些言论，在社会上引起了争议，有人正激烈地抨击你，你注意些才好。听说喀什噶尔是乐部喀喇汗王朝的都城，是个富庶且维吾尔文化极其发达的地方，你知道那里吗？你的诗中写到了那里吗？如果没有，你该去。”王素甫说：“是啊，我还没有去过喀什噶尔，而写一部涉及维吾尔社会和维吾尔民族的著作，没有到过喀什噶尔，没有反映喀什噶尔，不能不是一个极大的遗憾。”

于是，1068年，年过半百的王素甫离开故乡，不远千里，长途跋涉，来到了向往已久的喀什噶尔，在这里，他先就读于中亚闻名的喀什噶尔汗里克买得里斯（皇家伊斯兰经文学院），又以优异的成绩留院执教。有了职业，有了住所，他在喀什噶尔一带做了一番深入的社会调查，写作又开始了。当时宋王朝与喀喇汗王朝的关系十分密切，中原的文化对西域影响很大。有一天，喀什噶尔一位博学多才的文人来拜访玉素甫，他告诉玉素甫：“不知你听说过没有？在桃花石（中原）地方，有一个叫司马光的文化巨匠，正在编写一部巨著，取名为《资治通鉴》。他已经写了好几年，虽然还没有成书，可已尽人皆知。前几天有一个从那里来的马帮主人，带给我一些抄本的片断，我读了读，觉得和你正在撰写的长诗的内容与思想十分相近。我知道你也喜爱桃花石文化，而且对汉语有研究，特意给你送来了，你抽空多看看，或许对你的写作有帮助。”知识渊博的玉素甫早就对中原文化情有独钟。他接过抄本，立刻就读了起来，竟把朋友的存在都忘了。读了很久，他才拍手称快地说：“太好了！和我的观点太相似了！朋友，把书稿留在我这儿吧，我要好好的研究和参考。”由于受到了宋代大文人司马光的《资治通鉴》的启迪，他的诗文又融进了有关喀什噶尔的内容，长达13290行的长诗很快完成了。这是公元1069年的金秋时节。放下笔，玉素甫高兴地对朋友们宣布：

"历时 18 个月，先在巴拉沙衮，后在喀什噶尔写作，我的长诗终于完成了，大家看看，帮我参考参考书名好吧!"友人们说："赶快把它抄录出来，分给大家朗读欣赏吧！我们早就盼着拜读你的大作呢!"。"不，"玉素甫说："这部长诗不只是一部文艺作品，让人们朗读欣赏它的华丽词藻，并不是我的本意。我希望它成为一个美好的理想国度和社会的治国纲领，成为喀喇汗王朝摆脱困境走向复兴的政治措施。我准备把长诗定名为《福乐智慧》，意思是'给予幸福的知识'，把它献给东部王朝的大汗哈桑·本·苏来曼·桃花石·布格拉汗。希望对大汗治理东部王朝，起到积极的促进作用。"

一天早晨，穿着整齐的玉素甫捧着厚厚的诗稿，来到大汗宫殿门口，他施礼后说："我是从巴拉沙衮来到喀什噶尔的阿吉·玉素甫，我求见大汗，是想给大汗献上一份礼物。"布格拉汗说："我知道阿吉·玉素甫，他是西部大汗的王族成员，很有学问，宣他进宫吧。"玉素甫顺利地进入了喀什噶尔幽深的宫廷。在说明来意之后，玉素甫亲自给大汗和大臣们深情地朗诵了长诗。大汗和大臣们很快就被诗中优美的语言，丰富的哲理和深刻的隐喻所折服，多次拍案叫绝。朗诵持续了很长的时间，王朝大汗震惊了，《福乐智慧》被大汗视为珍品而大加赞赏，玉素甫被认定是不可多得的政治家而留在宫中参与宫廷事务，还被赐予哈斯·哈吉甫的称号，即内廷侍从顾问。从此，玉素甫作为一个政治家和国务活动家，被人们称呼为玉素甫·哈斯·哈吉甫，开始在东部喀喇汗王朝宫廷参与朝政，直至逝世。

《福乐智慧》在我国维吾尔文学史上，是一部具有里程碑地位和意义的传世之作，是中华民族文化宝库中光彩夺目的精品之一。历经 900 多年，至今蜚声四海，享有国际学术盛誉，闪烁着智慧的光辉。

《福乐智慧》是受中原汉文化影响，吸收和继承了中原汉文化的伟大传统而写成的。玉素甫·哈斯，哈吉甫自己就公开宣称：《福乐智慧》以秦国（指宋朝）圣哲的至理微言写成。”我国一些学者认为：《福乐智慧》是一部维吾尔族的《资治通鉴》。还有一些学者认为：玉素甫·哈斯·哈吉甫在《福乐智慧》中流露出的忧国忧民，酷似屈原在《离骚》中的忧国忧民。玉素甫.哈斯·哈吉甫为中华民族的文化交流做出了巨大贡献。我国著名作家老舍先生曾这样评价《福乐智慧》：“它不仅是维吾尔族的宝贵遗产，同样也是构成祖国文化历史的宝贵财富。”

伴随着 11 世纪的结束，玉素甫.哈斯·哈吉甫逝世于喀什噶尔。人们为他举行了隆重肃穆的葬礼，把他埋在了他经常漫步吟诗的吐曼河畔，常常有人来拜谒他。

400 年后，酷爱文学艺术的叶尔羌汗国第二代君主阿不都热西提汗把他迁入了当时的王室陵园——阿勒吞勒克，即今天的玉累甫·哈斯·哈吉甫陵墓。1986 年国家拨款对陵墓重新修建，这个自治区级重点文物保护单位，也被自治区列为爱国主义教育基地。

（汪永华　马树康）

聪明的姑娘

据说是在很古的时候，在绿洲深处的一个城国里，有一个国王，常常以打谜刁难别人来开心。有一天，国王没事干了，就想起打谜，唤来了所有的大臣，问道："尊敬的大臣们，现在我向你们提三个问题，如果你们回答的正确，使我满意，我就提升你们的官衔；如果你们答不出来，我就砍掉你们的脑袋。你们都注意听吧！

第一，世界上什么花最美？

第二，世界上什么东西最硬？

第三，世界上什么东西最甜？"

大臣们听了国王提出来的问题，他们想这三个问题谁都能答出来，都得意地笑了起来，互相争先恐后地说了起来。第一大臣争到首位，满不在乎嬉皮笑脸地答复国王提出的三个问题，他把世界上最美的花，最硬的东西和最甜的东西一个个解释称赞起来，国王听了反感，就大发雷霆，国王便把第一大臣交给了刽子手。接着第二大臣回答国王提出的三个问题，只是把第一大臣的回答重复了一遍，国王更加反感，把第二大臣立即交给了刽子手杀头。轮到第三大臣时，第三大臣就跑到国王跟前哀求道："尊贵的陛下，请求陛下给我三天的时间，让我回去好好想一想，再回答您的提问，如三天内答不出来，您就让刽子手杀我不迟!"

国王同意了他的请求，限他三天时间。第三大臣回到家，翻来复去地想，怎么想也没有想出来。他有个很有才学的女儿，她看到三天来父亲那样苦恼，就问道："爸爸，三天来您闷闷不乐，不言不语不吃不喝，到底发生了什么事啦？能给我说说吗？看我能不能帮助您。"第三大臣叹了一口气后，就把王宫发生的怪事向女儿说了出来。他含着眼泪说道："我心爱的女儿，今天国王就要杀我的头，我是多么舍不得离开你呀。"女儿听了爸爸的话很不以为然，说道："亲爱的爸爸，您见到国王就这样回答他的提问……国王要问理由您就说我知道。"

第三大臣乐呵呵地跑进王宫见了国王，向国王说："世界上最美的花是棉花；最硬的东西是贫穷；最甜的东西是真正相爱夫妻的爱情。"国王听了非常惊奇。问道："这是你自已想出来的？那你给我讲述你的理由吧!"

第三大臣非常礼貌地拱手道："尊贵的陛下，这个问题的答案是我的女儿想出来的，理由我的女儿也知道。"国王说道："那就把你的女儿叫来。可要记住，她来王宫的途中，不能走路，也不能不走；不能穿衣，也不能不穿衣。"

第三个大臣听了这些话，吓得昏了过去，醒过来后想到，一个祸鬼还没有躲过去，今天又来了一个祸鬼缠着我的女儿。他非常难过地回到家。女儿看到爸爸那样难过地回来，问道："爸爸您怎么啦？难道国王的提问我们回答的不对?"第三大臣摇了摇头后把国王的又一个难题告诉了女儿，然后伤心地说："我心爱的女儿，国王一定是存心杀害我，我不能为了自己把你也丢进火坑。"

"爸爸别发愁，国王叫我怎么去我就怎么去。"说罢，姑娘立即打扮起来，她找了一件非常薄的衣服，一条胳膊穿上，一条胳膊露在外面。又找了一个抬把子叫人抬着，她坐在上面，把一条腿伸在地上走。来到离王宫不太远的地方，小卒们告诉国王说姑娘到了。国王出来一看，真是第三大臣的女儿走过来了，说她走着，她也像坐着，说她坐着，她也像走着，说她穿衣，也像没有穿衣服，说她没穿衣服，也穿了衣服。国王看到非常惊奇。姑娘走到宫前时，国王就把她请进宫内。姑娘进宫后，选择了一个既不上又不下，既不中又不边的地方坐了下来。这时，宫内大小官员已经到齐了。国王问姑娘："你有什么理由说世界上最美的花是棉花？"

"尊贵的陛下，俗话说：'有益的树叶子比无益的鲜花好，世界上称为最美最美的一些鲜花，虽然在它开花短暂的时间内芬芳，但不能长期装饰人们，对人们每天的生活没有什么益处。只有棉花成熟后，人们可以用来织出各种各样漂亮的布来遮阳、御寒和装饰自己。它对人们每天的生活必不可少，益处很大。所以说世界上最美的花是棉花。"姑娘回答得理由充分。

国王又问："你有什么理由说世界上最硬的东西是贫穷呢？"

姑娘答道："我们村里有一个寡妇，她有两个孩子，她丈夫死了以后，日子很不好过，一年四季，她累死累活地忙着，怎么也养不好两个孩子，她把家里所有值钱的东西都卖光了，她没法使孩子们吃饱肚子。到最后，有一天她家能卖能吃的东西一点也没有了，孩子们饿得哭个不停，那个寡妇觉得讨饭是耻辱的，眼看孩子们活着受罪，心里实在难受，就上吊死了。从此，我就明白了，世界上最硬的东西是贫穷，贫穷能使人变成铁石心肠。”

国王又问：“你从什么地方知道世界上最甜的是相爱夫妻的爱情?”

姑娘答道：“有一天，我爸爸和妈妈打架，爸爸把妈妈的一只手打伤了。那一天，妈妈手痛得哭到半夜，那时我已睡着了。第二天早晨起来一看，爸爸和妈妈还是睡在一个被窝里，妈妈的手还在爸爸的脖子上，爸爸还把妈妈受了伤的手放在自己的胸脯上。从那里，我就知道了世界上最甜美的是真正相爱夫妻的爱情。”

大小官员们听了姑娘的述说，都非常敬佩姑娘的聪明。国王听了姑娘的答复非常满意。从那以后，国王任命姑娘当了第一大臣，公正地处理国家大事，姑娘的名望越来越高，国家也日益繁荣。

（汪永华　马树康）

阿凡提的故事（五则）

三句良言

阿凡提想挣点钱养家，便带了根绳子到集市上，站在等着打短工的人堆里张望。一个大肚皮的财主走过来喊道："我买了一箱细瓷器，哪位给我背回家去，我就说给他三句良言。"

短工们谁也没理他，阿凡提却动了心。他想：钱，哪里挣不到，良言却是不容易听到的，还是替他背了东西，听听他那三句话，长长智慧吧。阿凡提站出来，背起财主的箱子就跟他走了。

走着，走着，阿凡提请财主开始说他的良言。于是财主说："好，你听着，要是有人对你说，肚子饿着比饱着好，你可千万别相信呀。"

"妙，妙极了！"阿凡提说，"那么，第二句呢？"

"要是有人对你说，徒步走路比骑马强，你可绝对别相信呀。"

"对。"阿凡提说，"多么不容易听到的良言！那第三句呢？"

“你听着，”财主说，“要是有人对你说，世界上还有比你傻的短工，你可怎么也别相信呀。”

阿凡提听完第三句话，猛然松了手里攥着的绳子，“哐……啷……当……”一阵响，满箱的瓷器都摔在地上了。阿凡提指着箱子，对财主说：“要是有人对你说，箱子里的细瓷器没有摔碎，你可万万不要相信呀！”

连星期日也不是

阿凡提开了个小小的染坊，给附近的乡亲们染布。有一个财主，听见老乡们都夸阿凡提染得好，就不高兴，故意来刁难阿凡提。有一天，这个财主夹着一匹布来到阿凡提的染坊，进门就大声嚷道：“来，阿凡提，给我把这匹布好好染一染，让我看看你的手艺。”

“您要染什么颜色呀？”

“我要的颜色普通极了。它不是红的，不是蓝的，不是黑的白的，也不是绿的青的。明白了吧，你染得出来吗？”

“明白了，明白了！”阿凡提把布接了过来说，“我一定照您的意思染。”

“什么，你能染？……”财主说，“好，那么，我哪一天来取？”

“你就到那一天来取吧！”阿凡提顺手把布锁到柜子里，对财主说，“那一天不是星期一，不是星期二，不是星期三和星期四，又不是星期五，也不是星期六，连星期日也不是。我的财主，到了那一天，你就来取吧。”

分鹅肉

一天，一位喀孜提着一只煮熟的鹅，给国王送去，说道：“陛下，今天是您的生日。您是最喜欢吃鹅肉的，我亲自给您煮了一只送来。请您和王后、太子、公主尝尝。”

两个太子闹着要吃鹅胸脯，两位公主嚷着要吃鹅大腿。国王、王后没有主意，索性叫来打扫宫院的仆人阿凡提给他们分配。

阿凡提一刀割下鹅头，递给国王说：“陛下，您是国家的最高首领，应该吃头。祝您永远为一国之首。”

阿凡提又割断鹅脖子，双手递给王后说：“常言道，丈夫好比头颅，妻子好比脖颈。你吃了脖子，愿你跟国王永不分离。”接着，又割下鹅的两只翅膀，分给两个公主，说：“公主早晚要出嫁。吃上翅膀，有助于远走高飞。”

然后，阿凡提割下鹅爪子，给两个太子每人一只，说：“太子是王位的继承者。吃上爪子，才能立足于王位。”最后，阿凡提笑嘻嘻地对国王一家人说：“这剩下的鹅胸脯和鹅大腿，你们今天吃了很不吉利。还是我——那斯尔丁拿去吃吧！”说完，从王室走出来，蹲在屋檐下大啃大嚼起来。

最好的祈祷

阿凡提当补鞋匠时，一个大毛拉腆着肚子走来说："阿凡提，我的靴底断了线，劳驾你给我缝一缝，我给你做个最好的祈祷。""对不起，"阿凡提头也没有抬，继续做着手中的活说。"我要缝补的靴子挺多，没工夫给你缝补。请你另找一个补鞋匠吧。"

"哼，不行！"大毛拉说："你现在必须给我缝好。要不，我给你做个最坏的祈祷。那会儿，你可别后悔喽！"

"喏！"阿凡提放下手中的活说，"如果你的祈祷真的如此灵验的话，你索性做个祈祷，保佑你的靴底永远不烂，岂不更美吗！"

妙计遣盗

一天，阿凡提带着礼物，骑着马到朋友家贺喜。走到一个拐弯处，猛然从一个大石头背后蹿出两个强盗。他们堵住阿凡提，硬把他从马背上拉下来，要抢走他的马和礼物。

"这匹马归我。"一个强盗说。

"礼物你拿去，马我拉走。"另一个强盗说。

强盗你争我夺，分不公平。

阿凡提见他们厮打起来，就说：

"干脆我来给你们分配吧。"

"你咋个分配法？快快讲！"两个强盗异口同声地说。

阿凡提说："把你们身上带的弓箭递给我，我朝东面射一箭，向西面射一箭，你们跑步去捡箭。先捡回来的，把我的马骑回去；后捡回来的，把礼物带去。"

两个强盗一个指着一个说："一言为定，谁也不准耍赖皮！"双手把自己的弓箭交给阿凡提。

阿凡提鼓足力气，使劲拉开弓，向东、西各射出一箭。两个强盗一个朝东，一个朝西，拔腿没命地飞跑。

阿凡提乘机跨上马，身带两把弓箭，扬鞭策马，飞奔而去。

（翻译者：赵世杰）

和硕特王请神

自从松赞干布在尼泊尔妻子布库鲁提影响下信奉了佛教以后，印度僧人寂护、莲花生便在西藏广为传教，使得喇嘛教发展很快。蒙古僧众虽也信奉佛教，但要到西藏拉萨的布达拉宫求佛膜拜，可是件不容易的事情。出于求佛的虔诚心，教徒们结伙为伴，每年都有几百人去西藏，但总是过不了唐古拉山口，因为有牛头马面的魔鬼专等候在那里吃人。结果，一批批的教徒们没有一个能求得佛光返回。

有一年，布达拉宫要修正殿，请来了京城和印度的不少工匠，这些工匠虽有高超的技术，但奇怪的是白天刚修好的地方，晚上就坏了，第二天还得重修，如此反复几十天，工程没有一点进展。另一件奇怪的事是：拉萨附近突然出现了一个小海。每天海水上涨，浪头漫过屋顶，淹死了不少人，海水越涨越猛，快要逼近拉萨城了，弄得达赖也慌了手脚。有天晚上，达赖做了一个梦，梦中清清楚楚地听到一个神仙说："最近拉萨出现的两件怪事都是妖魔作怪，一个是博斯腾湖的黑龙，一个是裕勒都斯山的牛头马面鬼。要制服这两个妖怪，只有和硕特部落的哈尔买买额王爷能办到。”达赖从梦中惊醒时已快天亮了，他赶快召集寺中的智果、赤巴、堪布、翁则们商量此事，并当机立断，派扎桑等人带着礼品去和硕特请哈尔买买额王爷来制服妖怪。他们日夜兼程，翻山越岭，涉水渡河，经过七天七夜赶到和硕特部落见到了哈尔买买额王爷，递交了达赖的亲笔信和礼品，央求他为民除害。

王爷一是想去西藏的布达拉宫求得真经，二是想拯救善良的佛教徒们，便拿上祖传的喷火茅、三面斧和烟袋，带着十几个喇嘛，跟着来人向西藏方向行进。当他们走到唐古拉山口时，果然出来了十几个牛头马面的妖魔，伸着几尺长的红舌，张牙舞爪地朝王爷冲了过来。王爷定了定神，左手握着喷火茅，右手拿着三面斧，向妖魔冲去。经过一天一夜的厮杀，终于将十几个牛头马面的妖怪降服了。王爷一行到了林周，看到海水还在继续涨，便将怀中的烟袋掏出来，烟袋里装的是尤勒都斯山上两千年炼成的雪莲烟丝。他猛力地抽，只半个小时就将一个小海的水弄得干干的，海底出现了一条两丈长的黑龙。王爷用喷火茅连戳三下就将黑龙戳死了。从此，水不再涨，布达拉宫新修的墙也不再倒了。

王爷和扎桑见到达赖，叙说了一路上降妖服龙的事。达赖非常高兴，便设宴招待王爷一行。王爷在布达拉宫参拜了天龙八部和金殿天王，学习了《妙法莲花经》、《楞严经》、《大藏经》等佛教经典。转眼已半年，王爷提出要返回和硕特部落，达赖再三挽留，但王爷执意要走。临走时达赖问王爷有什么要求，王爷说：“我们和硕特部落的人很尊重神灵，但周围没有神庙，也没有神像，每年要到拉萨来求神，路程遥远，诸多不便。我想接几位神回去供奉，再要一张布达拉宫的建筑图，仿照着修建几座庙，不知佛主意下如何？”

达赖想到王爷降妖服龙为人民办了好事，便满口答应了，让王爷去宫里请神。王爷在八百尊神像中挑选了一位将军神、一位药王神和一位财神。回到和硕特部落后，他把药王神放在博湖的宝拉苏木，将军神放在和静的巴轮台，财神放在和硕的牛茨沟，这就是后来修建的博湖宝拉苏木的巴格希思随木庙、和静的黄庙、和硕的牛茨沟庙。

（讲述者：巴图尔）

（采录者：田文成）

巴里坤姑娘

古时候，在巴里坤城的原址上什么也没有。但是，人们总感觉地下有湖，常说："这个地方的地底下可能有湖。"后来，果然在这里出现了一个湖。于是人们就把它称为巴里坤，并开始在这里定居。

没过多久，巴里坤建起了宫殿，城市也变大了。这个城市的主人是一个商铺无数、牲畜满圈的巴依，他给自己心爱的独生女儿取名为巴里坤。

日复一日，年复一年，巴依的女儿也长大成人了。不管是富人，还是多才多艺的人都来向她求婚，但不管谁来求婚，巴依只说一句："我女儿喜欢谁，我就把她许配给谁。"便把他们都打发走了。一天，出来散步的巴里坤姑娘爱上了一位从别失巴望来到巴里坤游玩的小伙子。她让随从把小伙子叫到身边来，一问才知道原来小伙子名叫霍孜快尔别什，是哈萨克勇士。他们相识后，都很喜欢对方，便恋爱了。

因为巴里坤姑娘跟霍孜快尔别什相识，使好多自以为了不起的公子们碰了钉子，所以，姑娘的仇人越来越多。终于，仇恨巴里坤姑娘的那些男人带兵向巴里坤姑娘的家乡发起了进攻。巴里坤姑娘马上派人给霍孜快尔别什捎去了口信。

霍孜快尔别什得到消息后，拿起武器，带兵冲向敌人。他像鹞鹰一样冲向正在攻打巴里坤的敌人，最后打败了敌人。敌人撤退后，霍孜快尔别什又继续追击，在战斗中，敌人的箭从霍孜快尔别什战马的蹄毛处穿过，马蹄受了伤。用三条腿奔跑的战马使敌人更加害怕了。后来留下霍孜快尔别什战马蹄毛的地方被人们称为“恰夏”。敌人败逃到库克缺合山，他们杀死库克缺合一带的人们，在山上放了火，这座山被烧成了荒山，人们便把它改称为“萨热缺合山”。

一年后，备好武器和士兵的敌人又来袭击巴里坤城。霍孜快尔别什跟敌人拼了命，但是，因为敌人力量占优势，又加上诡计多端，便打败了霍孜快尔别什，霍孜快尔别什中箭而死。他死去的地方叫“叶尔霍孜”。此时，巴里坤姑娘也陷入了困境，她发誓决不让敌人活捉自己，便从巴望坤逃了出来。她毫无目标地在荒无人烟的旷野上奔跑流浪。走着走着来到一座山上，看到一只蓝色的羯山羊和一只白色的羯山羊，她就和羊结伴，住在了巴里坤湖边。

当巴里坤姑娘离开巴里坤城后，上帝向她的敌人大发雷霆，从而引发了地震，敌人都遭了难，巴里坤城也降到了地底下。

巴里坤姑娘以白羯山羊和蓝羯山羊为伴，留在了当地。但是，在没有水的荒野上白羯山羊和蓝羯凶羊也先后死去了。没过多久，没有目标到处流浪的巴里坤姑娘也死去了。后来，人们把白羯山羊和蓝羯山羊死去的地方就按它们的名字来称呼。把巴里坤姑娘死去的地方叫作“孟勒克之山”或“孟勒克山脚”，以此来纪念因痛苦抑郁而死的巴里坤姑娘。

（讲述者：库勒海·霍孜快尔别什拜）

（采录者：巴亚合买提·朱马拜）

（翻译者：杨凌古丽珊·托呼拜）

哈萨克人来历的悠久传说

哈萨克族是新疆境内的一个主要民族，自我国先秦时代起，经过两千多年的历史发展，到15世纪初，形成了一个具有共同名称、共同语言、共同地域、共同经济生活、共同社会意识和民族感情的稳定的民族。

13世纪初，从额尔齐斯河至伏尔加河，从咸海到黑海以北有一片广大地区，被称为“钦察草原”。在这些游牧地居住的人们被称为“钦察人”。就是在这片广阔的大草原上孕育了哈萨克族悠久的历史传说。

这是一个充满着生机与绿色的季节，克烈汗国的大汗克孜勒阿尔斯坦，依照以往的习惯，选了500名健壮的侍卫、500名健康美丽的侍女和1000匹骏马，带着他的军队和礼仪准备到他所属的32个部落进行巡视。

将军们骑着佩饰华贵的高头大马，不停地奔波在军营与宫殿之间，向沉默无语的大汗汇报着他们几天来各自的准备情况，询问着这次出发巡视的路线。宫中的侍卫和侍女们兴奋地窃窃私语，大家盼望着一年一度的出游，这种出游能给他们带来许多意料不到的惊喜。

当黎明到来时，低沉而悠扬的牛角号在草原上响了起来，呼唤着来自四面八方送行和围观的人群。一队队手持军刀，身披皮甲，个头几乎一般高的年轻军人，骑着骏马整齐地排列在大汗的帐前；一匹匹身负各种用品和帐篷的骆驼被人牵来，拴成一排排；侍女们早已穿好结实耐用的衣饰从各自营帐里走出来，列成一队队等待着大汗的出现。

在额尔齐斯河谷的空旷之处，有一片连成海洋般众多的军帐，这里有大汗的宫帐。当太阳慢慢升高爬上阿尔泰山峰的时候，人们聚成了人山人海，高大威武的克孜勒阿尔斯坦大汗，在贴身侍卫科坦拜和马合比的护卫下，出现在整齐的人群前。

大汗的年龄约在40岁左右，他有着一双鹰隼一样的眼睛，眼中放射着一种凛然的神色，高挺的鼻梁在宽大的脸庞上，显得生机勃勃，饱满的前额上显露着智慧与刚毅。他有着无边无际的广大土地、河流、高山和牧场，他拥有着无数的子民和数也数不清如同天上星星一样的牧群。但他也有着心中的烦恼，他有众多后妃，但却没有一人为他生下一个能够继承汗位的王子。为此，他常常私下里一个人唉声叹气。

望着准备妥当的队伍，他挥了挥手，策马向大路走去，他的身后紧紧地跟上了一面旗帜与大队人马。马蹄和脚步顿时荡起一片飞扬的尘土。

经过几天的行军，当队伍驰近第一个部落的时候，雪峰下的“阿吾勒”（村庄）顿时热闹了起来，成群的男子、妇女和小孩一齐涌向村外的道路上。他们捧出喷香的奶疙瘩，倒出了可口的山羊奶茶，年老的妇女们身着节日的服装，头戴美丽的大披巾，向他们捧出了如雪花般的馓子和奶酪。男人们整齐地跪在道路两旁的草地上，向他们的大汗敬拜着，姑娘们头顶天鹅羽毛，身着柔软的绸缎，用纤柔的腰肢、甜美的歌声和顾盼生辉的眼神，载歌载舞。

克孜勒阿尔斯坦大汗向众人们微笑示意着。他非常喜欢宫帐外这种充满人情味的场面，他也乐意与他的子民们共享欢乐和喜悦。望着幸福生活的哈萨克族人民，大汗心中立刻浮现出一缕欣慰的欢乐。他想起了他的祖父们艰难的创业历程。

那是一个酷暑难耐的夏天，他的老祖父卡勒恰哈德尔，带领着勇敢的军队东征西战，在马背上打下了一片广袤的疆土。在一次战争中由于敌众我寡，他的部下被凶猛的敌军团团围住，经过突围，老祖父与突围出来的大部队失散了。他单独一个人走在荒无人烟的戈壁上。烈日当空的戈壁如同夏天的火炉一样，炙烤着祖父受伤后沉重的躯体，极度的饥渴和疲乏，使他轰然摔倒在戈壁滩上。迷离之际，他仿佛看到了天国里失散多年的祖先和英勇的将士们。正在老祖父垂垂将毙之际，天空忽然黯淡了下来，随着清凉的习习小风，一只白色的雌天鹅自天而落，用她口中含着的水滴，滋润开了他皲裂干枯的双唇，用她宽大柔软的双翼扑扇着送来阵阵的凉风。他感到了生命的复苏，一种力量充溢全身，他神奇地活了过来。

当他随着天鹅渐渐走近绿色流淌的河流岸边时，他张开饥渴的嘴把一河的水喝干了，这是由一条冰凉的雪水汇聚的清泉，这是冰川亘古不断的生命之源。他的精神与体力突然得到了恢复，受伤的创口仿佛一下子得到了愈合。当他回过头来，顿时惊讶了：站在身边的不再是洁白的天鹅，而是一位双眸如水、皓齿红唇、身材窈窕的美丽少女。在茫茫的天地间，他们以天为屋、以地为铺，敬拜神的赐予结为一对相爱的夫妇，婚后生下了他们众多的儿女。儿女们一代又一代繁衍着哈萨克民族的后人。

每当望见姑娘的头顶飘动的天鹅羽毛时，不禁使克孜勒阿尔斯坦大汗产生一种对遥远的民族历史和始祖先民的无限怀念。

第二天清晨，太阳还没有升起，满天的星星还在闪烁着，大汗在侍卫科坦拜的陪伴下，走出毡房向草原的深处慢悠悠地走去。当他们绕过一座山梁时，一片“阿吾勒”呈现在他们的眼前，牛粪燃起的袅袅炊烟在朝霞的金光霞霓里升起，草原上一片忙碌的景象，男人们驱赶着羊群走向草场，妇女们正在给母牛挤奶。突然，一支优美的歌声从草地上腾空而起：

草原上的太阳是我们生活的摇篮
飞翔的雄鹰佑护着幸福的日子
雪山下洁白的毡房啊
好似满天遍野绽开的花朵
当我有一天走过河流的时候
我的马儿驮我走向心爱的地方
我愿与美丽的日子一起绽放
马儿知道，我要去的那个地方……

循着歌声，大汗急步走向前去，原来是一位身穿长裤的少女，她正在忘情地歌唱着。她美丽的腰肢如同河柳一样柔软轻盈，她的背影透露着青春的妩媚，当她回过头来微微一笑之际，那张月亮一样俊俏的小脸，如同一抹朝霞，刹那间像一股清泉融入了大汗充满深情的心扉。她的双唇红嘟嘟如同一串诱人的葡萄，她的双眸水一般柔情地流动，淹没了大汗久已荒芜的心田。

这是一朵生长在大山深处姣美的雪莲花。

当"阿吾勒"头人急忙赶来迎接大汗时，姑娘渐渐远去的背影，使大汗的心在爱情的焦渴中灼灼燃烧。

大汗忙向头人打听，才得知，她是大汗在17年前攻打邻国时收养的一名女孩，她叫阿依古丽，当时她不满一岁，伴着"钦察草原"繁荣的岁月，在额尔齐斯河的哺育下，倏然间长成了一个绝世美女。大汗只记得这是一位部落首领的女儿，当她的父亲战死时，她的母亲也因为绝望殉情自尽。只留下她一个人独自在帐中哭泣，出于不杀妇女和婴儿的习俗，年轻的大汗便命人收养了这个孤苦伶仃的女孩，送到了这个偏远的小村庄。

在大汗的授意下，科坦拜带领着众多的侍卫和侍女们，以隆重的礼仪，为大汗迎娶了这位来自异邦的美丽女子。新婚之夜，四周一片静谧，只有皎洁的月亮在窗前徘徊留驻，虫子的鸣叫时而响起，时而静默。大汗紧紧地相拥着自己的新娘，感受到了自己生命又迎来了一个热烈的春天，他们忘情地沉溺在幸福的海洋望。不知不觉，他们的队伍已在这个小村庄里驻扎了七天之久。

随后的日子里，大汗带着她美丽的新娘，巡视完了他所管辖的属地，便回到了他的宫城。

一年后，阿依古丽生下了一个王子，小王子的出生，顿时使整个王宫热闹了起来，但侍女们却面对健康的小王子窃窃私语。虽然这个小王子身体健康，在嘹亮的啼哭声中，透出了一种巨大的力量，但是他的全身却长满了黑色的雀斑。每次看到小王子身上的黑斑，大汗心中就有一种不祥的预兆。于是请来了宫中的第一神巫巴克斯为小王子占卜。

随着鼓乐的起伏，巴克斯头戴透明的天鹅皮帽在左右地摇动着、跳跃着，好像他在与上天的神鬼交谈着。突然一块羊拐骨从他手中脱落，划出一道有力的弧线，高高地弹起又重重地落下，在柔软的毡毯上被摔的粉碎。

大汗的心随之颤抖了起来。这是神在谕示：这个孩将会被魔鬼缠身，会对整个国家带来不祥的命运。大汗的其他几个嫔妃忙围过来，你一言我一语建议抛弃这个男孩。面对着巴克斯的咒语和众妃的建议，他亲吻着尚在襁褓中的幼儿，恋恋不舍地决定派人送到额尔齐斯河中，让上天和神鬼去决定这个浑身长满雀斑的孩子的命运。

在一个充满神奇的漆黑之夜，侍卫科坦拜和马合比骑着马儿，整整走了一夜，在额尔齐斯河的一个弯弯的河汊地，他们把吃饱后熟睡的小王子放在了一个宽大的木桶里，为他铺好褥子，盖好被子，推到大河的中央，让他随着河水飘向了远方，直到再也看不见了，他们才急忙回到宫中向大汗复命。大汗尽管很伤心，但是他不能违背神的旨意。随后的几年里，阿依古丽王后又生下了几个孩子，但很可惜，全部都生的是女儿。

第二天，有一个放牧的牧民加肯，他背着一大捆柴禾在河边的卵石上休息，突然听到了一阵孩子哄亮的啼哭，他看到一个木桶从河的上游缓缓漂来，桶里有一个婴儿，于是他便急忙站了起来，脱下靴子下河捞起，望着天赐给他的这个男孩，他欣喜若狂，急忙抱回毡房，与妻子一起当做自己的亲生儿女一样抚育成长。由于这个男孩皮肤上长满花斑，周围的牧民们亲切地称他为。“阿拉什”（花斑之意）。

幼年时代的阿拉什十分聪明勇敢，他向部落首领建议，提前七天转场，使整个部落及时避免了大雪封山后被困山中的危险。他教会部落里淘气玩耍的儿童们学习军事战术，使小小的部落呈现出勃勃生机。他 7 岁的时候，已能一个人骑上一匹马，跑遍整个的草原。他在 10 岁时，带领着部落的孩子们，围住并打死过一头侵入牧场的凶猛大黑熊。他 12 岁时，已能带着部落的男人们，从邻近部落中夺回了被抢去的大片牧场。16 岁时，已是一位让部落中人人称赞的勇猛骑士。等他长到 18 岁时，已是一位受部落全体人爱戴的首领了。

在他 20 多岁的时候，他将和自己一起长大的男孩们组成军队，并带领着这支他亲手组建的队伍，骑着马东征西战，为部落开拓了额尔齐斯河流域的广大土地。这时的阿拉什已成为钦察草原上名声大噪的苏丹（若干部落联盟组织的首领名称）了。

消息传到克烈王国后，克孜勒阿尔斯坦大汗获知此情十分惊奇，他特别想了解这个年轻人是不是自己抛弃的儿子。于是忙派人到阿拉什的国家里，扮做商人打听“苏丹”的身世。第一天他们从买货的牧人那里打听到阿拉什苏丹是一位牧民从河里捞上来的；第二天他们又从加肯老汉的部落里打听到阿拉什苏丹的身上的确长满雀斑；第三天，他们又打听到，阿拉什苏丹 20 年前是从额尔齐斯河上游的克烈部落坐着木桶飘来的；第四天，他们打听到了阿拉什苏丹的英勇事迹。于是他们急忙连夜赶回他们的国家，一五一十地向大汗禀报他们打听到的全部内容。

听到这些禀报，大汗的心情非常激动，他与大臣们连夜进行商议，想把阿拉什——他惟一的王子接回来，让他继承自己的汗位。

但是这一提议遭到了侍卫科坦拜和马合比两人的反对。他们的理由是：是雄鹰就要让它在广阔的蓝天下飞翔，是骏马就要让它在艰难的道路上行走奔驰，况且我们是奉你的命令，亲手将他一个人孤零零抛弃在无情的大河之中，他会不会忌恨我们？

于是，这两位忠心耿耿的侍卫建议道：不如悄悄地暗地支援阿拉什，使他成为草原上真正的雄鹰，成为草原上日行千里的骏马，让他成为草原上自由生活的英雄。

在他们商议如何面对这件事情时，此时的阿拉什苏丹，正在攻打邻近的一个比较强大的汗国，他的军队整整攻打了六六三十六天，可是由于对方的坚强防守，始终无法突破他们的防线。正当他陷入烦恼、一个人在军帐里来回踱步的时候，一个军士急忙来报，有一队不明来历的人马正向此处奔来。阿拉什以为是对方的援兵到了，急忙调集队伍准备防守，却见驰来的马队中有一位年轻首领，一见阿拉什出现便跪拜在马下，他就是克烈部落的侍卫科坦拜的大儿子乌孙。乌孙禀报他愿追随阿拉什苏丹，协助苏丹成就雄霸天下的理想和目标。阿拉什苏丹这才高兴地挽着乌孙的手臂，放心而高兴地回到帐中。

第二天，在乌孙的积极筹划和帮助下，阿拉什用计谋骗过正面防守的对方守军，顺利地从侧面一个狭窄的通道出现，突然冲击守军的后方阵地，一下子打乱了守军的正面防守，使守军首尾自顾不暇，溃不成军，取得了这一场持久战斗的全胜。为了表彰乌孙及他的军队的英勇忠诚，阿拉什便通告天下所有的部落策封乌孙为“大玉兹”（玉兹，哈语为一百的意思）。第二年春天，乌孙的弟弟博拉特又带领100名骑士，从很远的地方投奔了阿拉什苏丹，他们兄弟俩在阿拉什的指挥下，打败了许多强大部落的军队，征服了更为强大的对手，为阿拉什增添了新的大片疆土，于是，阿拉什苏丹又通告天下所有的部落，策封乌孙的弟弟博拉特为“中玉兹”。

第三年春天，乌孙的小弟弟阿尔饮又带领100名强壮能战的骑士，投奔到阿拉什的麾下，成为阿拉什苏丹得力的战将之一。阿尔钦能征善战，足智多谋，他平定了邻近的十二个部落的反叛，奠定了阿拉什苏丹建国称汗的基础。于是，便被策封为“小玉兹”。

随着疆域日益扩大，阿拉什苏丹成为钦察草原上一只真正展翅高飞的雄鹰，他把自己的疆土治理得井井有条，人民生活富足安康，官吏廉洁勤政，临近诸国俯首称臣，朝贡纳赋。于是乌孙三兄弟一起上奏，建议在这种大好的形势下，顺从天下的民意，拥戴阿拉什苏丹改称为阿拉什大汗。

为表彰乌孙三兄弟的卓著战功，阿拉什大汗给乌孙、博拉特和阿尔钦分别分封了大片的草场，让他们和他们的子孙永远世袭。

在诸多国家使节和万民注目下，一个秋高气爽的日子，阿拉什登上了天下至高无上的大汗位子。登上汗位后，乌孙三兄弟便到宫中向阿拉什讲明了自己的身份，并向阿拉什叙述了他的真正身世。当他听到自己的父亲是远在天边的克烈部落的大汗，并得知乌孙三兄弟是父汗派来帮助自己的原因后，他的心中立即充满了无限的感激之情。于是他派出自己最为信任的使节，带着大批的金银珠宝，赶着成群的牛、羊、马、骆驼，向克烈部落方向前进，奉献给自己的父汗，以表达自己的感谢之情。

看到奉上的大量财富，年迈的克孜勒阿尔斯坦大汗得知自己亲生的儿子，已经成为草原上真正的雄鹰之后，他激动地落下了眼泪，年迈的母后听到自己的儿子仍活在人间，并成为大草原上自由的国王后，顿时泪如雨下。大汗命令所有的克烈人视儿子的国家为自己的荣誉，并宣告他的臣民永远与阿拉什大汗的国家友好睦邻，永不言战。根据遗嘱，大汗死后全部部落归属于阿拉什汗国。

于是，自古至今，哈萨克人都认为自己是跟随阿拉什的三百个骑士繁衍而来的，“我们的祖先是阿拉什，我们是哈萨克”，他们常常会这样肯定自己的身份。

（张永江　武琼瑶）

燕儿斩蛟龙

乌鲁木齐的春天总是姗姗来迟，但只要有一丝春风掠过，最先染绿的便是南郊的燕儿窝。又到燕子呢喃筑巢时节，桃灿灿，柳依依，暖风醉游人，燕儿窝一派生机。

燕儿窝东依燕儿崖，西临乌鲁木齐河，古丝绸之路北道经于此。燕儿窝南北长 5 千米、东西宽 2 千米的古树群，其间白榆与杨柳为伍，野蔷薇群芳争艳，被市民称为“天然绿色空调”，也是乌鲁木齐市防风固沙的天然屏障。那里，百年以上的古树 40％以上。据专家初步测定，古树树龄多在 150 至 213 年间。清乾隆五十至五十一年（公元 1785～1786 年），乌鲁木齐河经历了连续两年特大洪水。

美丽的风景总是与传说分不开。说到洪水，当地人自然会想起“燕儿斩恶龙”的故事。

“燕儿”一个英雄少年的名字。相传很久以前，每到夏季，乌鲁木齐河便洪水滔天，排排巨浪声震云天，像是千万匹野马呼啸而过。据说，那是河里一条恶龙在兴风作浪。咆哮的山洪如山的浊浪顺势而下，所过处一片残山剩水。

面对恶龙，那个叫燕儿的小伙子毫不胆怯。他生性好打抱不平，一心想铲除恶龙，治理洪水，为民除害。

燕儿四处寻求铲除恶龙的良策。在途经一家铁匠铺时，火红的炉火给他以启发，他当场请铁匠打了一把九尺钢叉，作为惩治恶龙的兵器。带回家后，他每天到河边习武练叉，等待时机。

时隔数日，恶龙又兴风作浪。眼看着上游巨浪翻滚，燕儿一个箭步，飞身来到河边。恶龙步步逼近，燕儿浑身充满了力量，等到恶龙经过身边的一刹那儿，他挥舞钢叉，对准恶龙的中间部位猛刺下去，片刻工夫，恶龙仰面朝天倒在水中，挣扎了几下，便悄无声息了。燕儿想把钢叉拔出来，恶龙却来了一次垂死挣扎。顿时，河水泥沙翻腾，燕儿矫健的身影时隐时现。鲜红的河水远去了，助阵的百姓才发现，燕儿不见了。

悲痛的人们发疯似地朝地朝下游追赶，却始终没有寻到惩治恶龙的英雄雄燕儿。打那以后，乌鲁木齐河恢复了往日的平静。过上了平安日子的百姓，时刻想念着为民除害的燕儿。

又是一个姗姗来迟的春天。正在田间劳作的人们，突然听到一片清脆的鸟叫声。抬头一看，蓝天上飞来一群春燕。它们下地衔泥，到百姓的屋檐下筑巢搭窝。大家欣喜，奔走相告："燕儿回来了！燕儿回来了!"他们说那是燕儿的化身。以后，人们为了纪念英雄燕儿，就把这个地方取名为燕子窝。

现在，矗立在乌鲁术齐燕儿窝景区的雕塑"燕儿斩蛟龙"，就是根据这个传说创作的。

而今，这里已是林木参天、碧草茵茵。行走其间，林涛、水声，宛若和谐的音乐；南风解冻了乌鲁木齐河水，春雨轻幔般地罩住了参天的古树梢，不经意间又将游人拉回到那凄美动人的传说中。

（谢中）

英雄达甫击鼓挥刀斩杀蟒蛇

“咚嗒依嗒……咚嗒……”手鼓声声，鼓声激昂，舞姿雄劲；鼓点舒缓，舞步轻盈。在维吾尔族音乐中，手鼓占有不可替代的位置。舞台上，手鼓是指挥，乐队随着鼓声走。在民间，手鼓像杯茶，闲暇时越品越有味儿。

在维吾尔语中，手鼓叫达甫。一说是在敲击过程中，发出“达甫……达甫……”的声音，故而得名。另一说是与一个英雄的传说有关。

相传，在久远的年代，昆仑山麓不是今天这样寸草不生、光秃秃的样子。那里森林密布，流水潺潺，彩蝶恋花，百鸟欢歌。山下村里的人们衣食丰足，歌声不断，邻里和睦相处，一派欢乐祥和的景象。可惜，这种景象被森林中一条巨大的蟒蛇打破。蟒蛇吃尽了林中所有的鸟兽，又开始猎食家养的牛羊。村里的人白天不敢出家门，晚上不敢点灯。整个村落笼罩在一片惶恐之中。

村里有个叫达甫的青年，是一位勇猛的猎手。面对乡亲们的遭遇，他非常难受，在心里不断责问自己：“你算个什么猎手啁?”他下定决心，背着干粮，带着锋利的腰刀和弓箭，潜伏到森林里，寻找和等待蟒蛇的出现。

三天三夜过去了，达甫一直没有合眼，可是蟒蛇的踪影依然不见。寂寞中，他折下一根粗大的树枝，用腰刀削成扁平状，弯成一个圆圈，将一张羊皮蒙在上面，形成了一个单面鼓。一来可以遮凉，二来可以为自己的歌声伴奏。他躺在地上，一边击鼓，一边高唱道：“我猛击羊皮鼓引蛇出洞，誓将那凶残的恶魔铲除；弯弓举利刃为民除害，剥蟒皮做手鼓让千家敲击……”

歌声还没停止，只听得林间树枝嘎嘎作响，一股阴风掀翻了羊皮鼓。达甫抬头一看，一条三丈有余的巨蟒从树上蹿下，吐着血红的信子，喷射出毒人的黏液，带着飓风直向他袭来。一场决战开始了。达甫纵身而起，挥舞着腰刀朝蟒蛇砍去。谁料丛林茂密，施展不开，一刀砍到了树干上。凶猛的蟒蛇当然也不示弱，趁他拔刀之际，又猛扑过来。达甫腾空而起，一跃跳到蟒蛇的身后，弯弓搭箭，等蟒蛇回过头来，一箭射中了它的左眼；第二箭射中了它的右眼。失去了光明的巨蟒，疼痛难忍，只好用尾巴的威力横扫林间，抽打达甫。蟒蛇威风不减，达甫越战越勇。在达甫感到体力不支时，被巨蟒的尾巴抽倒在地，一头撞在羊皮鼓上。只听“咚”的一声，蟒蛇转头败退。原来巨蟒怕的是鼓声，达甫急中生智，使劲挥拳猛击羊皮鼓。“咚、咚”的声响震耳欲聋，蟒蛇骨节松软，连连败退。这时，达甫拔下腰刀，将蟒蛇劈成了两断，巨蟒翻滚在地。

闻声赶来的乡亲们，载歌载舞，抬起巨蟒，簇拥着达甫回到村里。他们把蟒皮剥下来，做了无数面手鼓。为了纪念达甫为民除害的英雄行为，他们就把手鼓叫作达甫了。从此，在维吾尔族的乐器中便有了备受人们喜爱的达甫。

（谢中）

乌仁图娅的幸福生活

水流千里归大海，生活在巴音布鲁克草原上的蒙古族群众中，流传着这样一个故事，说九曲十八弯的天鹅湖水也是要流进东海的。

相传，在很久很久以前，美丽的天鹅湖畔生活着一对穷困潦倒的老人。乌黑的蒙古包升起牛粪燃起的炊烟。不知从什么时候开始，一到夜晚，蒙古包就变得金光灿灿，引得对岸的人惊奇地直眨双眼。一天，两个寻根问底的年轻人循着金光，跨过沼泽，趟过河流到了对岸。隔着破布遮掩的窗户，两人终于找到了蒙古包内的光源，顿时眼睛都直了。原来，那家添了一个金胸银腚的小女孩儿，父母喊她乌仁图娅。

没隔几年，乌仁图娅出落得像花一样美丽，所到之处一片金光。深夜里，她身上放射出的光芒，能让河对岸的妇女借着金光绣花。

乌仁图娅 18 岁那年，突然得了一场重病，不思奶茶不吃粮，身上的金光也黯然失色。消息传到一个喇嘛那儿，喇嘛顿生邪念：何不借此机会占她一个便宜？那个喇嘛对乌仁图娅的父母说，是东海的龙王看上了乌仁图娅。

老两口不知如何是好，就请喇嘛出招。那个喇嘛假惺惺地说；“我给你们择个吉日，把姑娘嫁过去，病就会好了。”

当父母的虽然舍不得，可也想不出更好地办法。那个喇嘛又催促说：“把女儿嫁给龙王爷做娘娘，是你们家的福分，日后何愁荣华富贵呢？”老两口轻信了那个喇嘛的话，为了女儿的病，决定把她远嫁龙宫。

可是，龙宫在哪里？怎样才能嫁到龙宫呢？看着老两口满脸的疑云，那个喇嘛说：“今夜月黑风高之时，将你们的宝贝女儿装进一只木箱，用皮绳捆绑结实，从九曲的拐弯处投进水里，7日之内就能漂到龙宫了。”

知道老两口受骗后，那个喇嘛赶紧离开了蒙古包。回到庙里，他派了4个徒弟，连夜赶到下游等待大木箱的出现。

日出东方，照得天鹅湖一片血红。早起的穷人包若，拿着皮绳沿岸拾柴，偶然举目远眺，突然发现远处漂来一只大木箱。他纵身跳入水中，奋力把木箱捞了上来。他以为是一箱金银财宝呢，就迫不及待地打开一瞧，把他吓了一跳，问：“你是九天仙女下凡，还是龙宫娘娘驾到？”

乌仁图娅把来龙去脉讲述了一遍，气得包若直骂：“该死的喇嘛！我非剥了他的皮喂狗不可！”

看着正义的小伙子，乌仁图娅精神焕发，身上的病痛顷刻全无。她对包若说：“看来我们前世有缘，才让我漂流到你这里。那就请你带我回家吧。”“家？我穷人一个，没有蒙古包，住的是山洞。一匹枣红马是我惟一的家产，一条大黄狗是我最忠实的伙伴。姑娘花容月貌，这事万万不成啊!”包若回答。乌仁图娅为了表达自己的诚意，跪地相求，总算消除了包若的疑虑。

为了整治那个喇嘛，包若回到山洞叫来了大黄狗。大黄狗听话地钻进大木箱，顺水漂流而下。中午时分，木箱漂到了那个喇嘛的徒弟们等候的地方。他们兴奋地把打捞上来的大木箱抬回了庙里。那个喇嘛迫不及待地叫着：“快快打开木箱，可别让我的美人受委屈了。”

几个徒弟三下五除二把木箱打开了。大黄狗一跃而出，似仇敌相见，抱住那个喇嘛的头又抓又咬。喇嘛一边跪地求饶，一边念叨着：“莫非龙王老爷真的把乌仁图娅娶走了?”

而乌仁图娅和包若，在天鹅湖边从此过上了自由、美满的幸福生活。

（谢中）

藏在沙漠中的爱情

面积达几十万平方千米的浩瀚沙漠，不仅给人们带来许多奇异的自然景观，而且保留着大量珍贵的古代遗迹。沙漠中的海市蜃楼、如梦如幻的沙漠日出、晚霞等等，引得许多人流连忘返。

但谁又知道，这沙漠里竟藏着一段凄美的爱情故事呢？

传说阿里普是一位猎手。他搭箭能射下大雕，张弓能杀死猛兽，是少女心目中的英雄。

有两个姑娘同时爱上了他。

一个是阿里普的邻居阿依古丽。阿依古丽的父亲早逝，她和妈妈相依为命。娘俩靠着给巴依家刺绣织锦为生。

一个是巴依的独生女儿热汗古丽。热汗古丽仗着父亲有钱有势，看不上世上的小伙子。而巴依也一直在盘算着找一个能骑善射的女婿接替自己。他听说了阿里普的美名，一心想把他招来做自己的女婿。

这天，巴依命管家到阿里普家提亲。没料到，阿里普说他心有所属，只爱一个人。管家碰了一鼻子灰，懊丧地回去报告了巴依。

原来，阿里普和阿依古丽自幼青梅竹马，是一对亲密的小伙伴。长大后，阿依古丽出落得美丽大方，求婚的小伙子踏破了她家的门槛。可是，阿依古丽谁也不爱，她的心底里早就装着一个人——阿里普。阿里普呢，也一心一意地爱着她。

蛮横的巴依听了管家带回来的消息，恼火极了。在这块土地上，谁敢在他面前说“不”?

管家见主子发了火，一个坏主意早就盘算好了。一阵交头接耳后，巴依转怒为喜。

几天后一个漆黑的夜里，巴依乘阿里普外出打猎，带了一帮打手闯进阿依古丽家，要带走她。阿依古丽的妈妈哭喊着，抱着女儿不放手。巴依抡起木棍，照着她的头上就是一下，一声惨叫，阿依古丽的妈妈倒在了血泊中。

山野中，阿里普仿佛听到了阿依古丽的哭喊声，心神不宁地飞快赶回。到家后，老妈妈已是奄奄一息。她见阿里普回来了，强忍着伤痛说：“快、快……巴依抢去了阿……”话没说完，便咽气了。

天亮时分，阿里普赶到了巴依家。巴依坐在高高的椅子上，边上站了好些打手。阿里普瞪着巴依，两眼喷着烈火。一群打手拦住了他。巴依说：“阿里普，你听着，阿依古丽在我这儿。如果你答应跟我女儿成亲，我就放了她。”

阿里普没有理睬巴依，刷地一下割断了绑住阿依古丽的绳索，拉着她就往门口冲去。巴依大吼：“快上，抓住他……”

阿里普拉着阿依古丽翻过几座山，淌过几条河。阿依古丽已累得跑不动了。巴依的管家带着一帮打手围了过来。阿里普拉着阿依古丽又爬上一座山。两人一下子惊呆了：面前是陡壁悬崖，无路可走。阴险的管家偷偷地搭起弓箭，瞄准了阿里普。

原来，他怕阿里普娶了巴依的女儿，使自己夺取巴依财产的美梦化为泡影。紧要关头，阿依古丽用自己的身躯护住了阿里普。“嗖”的一声，利箭穿透了阿依古丽的胸膛。可怜的姑娘惨叫一声，倒在了情人的怀中。“阿依古丽，你醒醒……”阿里普绝望地哭喊着，可阿依古丽永远地离开了这个世界。

阿望普一手抱着阿依古丽，一手用刀与冲上来的打手们搏斗。混战中，阿里普不幸一脚踩空，与阿依古丽一起坠下悬崖。就在这时，赶来救援的乡亲们听见山崩地裂的一声巨响。顿时，大地震颤，狂风骤起，飞沙走石，天一下子变得昏暗。风声中，人们隐约听见了阿里普痛苦的喊声：“阿依古丽——我来了……”一会儿，天地恢复了平静，可出现在人们面前的景象却使他们都呆住了：面前竟是一望无际的大沙漠。

从那以后，只要沙漠中一起风，就能听到阿里普和阿依古丽那凄婉的呜咽声。

（王春莲）

阿山芍药的传说

阿尔泰山喀纳斯湖一带盛产赤白芍药。每当春夏之交，满山遍野到处都是盛开的芍药花，阳坡开红花，艳如牡丹向日开；阴坡开白花，白如雪莲傲霜放。其根为条块状，白芍清热，赤芍解毒，均为中药中的重要品类。为什么这里有这么多的芍药？还有一段流传正当地哈萨克族牧民中的故事哩。

据说在很久以前，聚居在阿尔泰山中的哈萨克族各部落中突然流行一种瘟疫，病人发作起来立即头痛发烧，上吐下泻，轻者三五天后自行痊愈，重者七天以后即虚脱而亡。而且此病极易传染，往往全家轮流发病，或则全愈，或则全死。在当时医药卫生条件十分落后的情况下，此病曾经是哈萨克牧民的极大灾难。

当时住在阳坡的部落中有一家人，全家大小都死于此疫，只剩下一位 18 岁的小姑娘，名叫屈谷鹿克。住在阴坡的部落中也有一家人，全家死于疫病，只剩下一位 18 岁的小姑娘，也叫屈谷鹿克。阳坡的屈谷鹿克形貌娇美，活泼好动，喜穿红色衣裙。阴坡的屈谷鹿克皮肤白净，文静娴雅，喜着白色衣裙。她们二人经常因放牧碰在一起，久而久之，感情日深，便结为姐妹。当她们二人的亲人被瘟疫夺去生命后，便发誓要去山中寻找一种专治此病的药，为部落中的乡亲们治病，免得其他姐妹再像她们一样经受失去亲人的痛苦。她们把这种想法告诉了部落首领，安顿了家务，告别了乡亲，各背上一袋奶疙瘩就一齐向山中进发。

当她们在山里艰难地跋涉了三天以后，正在树下歇息，忽听一只喜鹊叽叽喳喳地向她们说道："屈谷鹿克姐姐，你们不是要找治病的灵药吧？它就长在前面深山之中，不过山路十分艰难，你们可要当心呀!"果然走不多远，就遇着一段险路，一边是陡立的石崖，一边是万丈深谷，又没有路，只能贴着石壁一步一步地爬着前进。她们由于一心要找到救治乡亲们的灵药，早已把个人生死置之度外，因此，任何困难危险都不放在心上，终于爬过这段险路，继续向深山前进。

她们又走了三天的山路，来到一处大森林。正当她们坐下休息时，又听见了树上有一只喜鹊在叽叽喳喳地向她们说道："屈谷鹿克姐姐，你们要找的灵药就在前面的山中，但这片森林中有许多凶猛的野兽，你们可要当心呀!"果然走不多远就听见虎啸狼嚎的声音，震得树叶纷纷落下，许多鼠兔之类的小动物都吓得四处惊逃。她们心想：再凶恶的野兽都害怕火，于是她们把树枝拧成火把，用火石点着，连夜兼程前进。果然野兽见到火光都远远躲着，不敢近前。在天快亮时，她们终于穿过这片森林，而她们却已经累得精疲力竭了，于是她们坐在树下休息片刻，吃了些奶疙瘩，喝了点水，又继续前进。

当她们在山中穿行到第九天，又听见一只喜鹊叽叽喳喳地向她们叫喊："勇敢的屈谷鹿克姐姐，你们终于来到这万山之颠，就要找到要寻的灵药了，但是也就要碰到最难于克服的困难和危险，那就是石山顶上的那群秃鹫。你们可要小心呀!”她们心想：这些天来，那么多的困难和危险都克服过来了，还有什么可怕的？但是秃鹫是什么样的怪物，怎样才能战胜它们，心中却没有底。但她们又一想：大不了是死，有什么可怕的？于是她们又继续前进。

行不多久，果然出现一个光秃秃的石山，高约百尺，直插蓝天。石山皱褶处歇着许多大鸟，头和颈部没有一根毛，眼如铜铃，嘴以铁钩，展开双翅，约有一丈多宽。当它们看见她俩以后，立即大叫着飞向天空，顿时昏天黑地，有如夜晚，两位屈谷鹿克立即打着火石，点燃火把，以为它们也会怕火。哪知秃鹫一点也不怕火，它们像箭一般从高空冲将下来，翅膀一扇，立刻就将火把扇灭。眼看她们就要被秃鹫的利爪撕成碎片，忽然半空之中有人大叫一声：“孽畜不得无礼!”就在这时，眼前一亮，天空重又恢复光明。秃鹫早已飞得不知去向，却见一位慈眉善目的白须老人站在两位屈谷鹿克的面前。老人和蔼地说道：“小姑娘，没吓着吧！难得你们有这片善心，浑身胆气，敢于冲破重重艰难，寻找灵药。不过世上并无灵药，灵药就在你们身上。如果你们真有舍身为人的高尚志向和坚强决心，肯将身体献给乡亲，换来灵药，战胜病魔，我可以成全你们，不知你们意下如何?”两位姑娘首先拜谢老人救命之恩，然后答道：“老人家，我们早已下定决心，只要找到治病灵药，就是粉身碎骨也心甘情愿，但请老人家指点怎样才能得到灵药”。老人说：“刚才你们看到的大鸟本来是这里镇山灵禽，你若愿意像佛祖释迦牟尼那样舍身喂鸟，你们的尸骨埋在地下，就能变成一种仙花，它的根部正是治疗怪病的灵药。”两位小姑娘听罢十分高兴，当即各自拔出身上的皮卡克（哈语小刀之意），双双向各自心窝猛刺一刀，登时热血喷溅，倒地身亡。老人睹此情景，既吃惊，又钦佩，自言自语地叹道：“多可爱的小姑娘！你们有如此崇高的品格和勇敢的行动，我怎忍心让秃鹫吃掉你们的肉体。”说罢，他就抱起小姑娘的躯体，把穿红衣的屈谷鹿克埋在阳坡，把穿白衣的屈谷鹿克埋在阴坡。不久，阳坡到处长满了一种红茎大叶的植物，阴坡长满了白茎大叶的植物。一到春末夏初，阳坡盛开着大红的花朵，阴坡开满雪白的花朵，鲜艳素雅，十分可爱。

且说屈谷鹿克的乡亲们有一天梦见屈谷鹿克告诉他们，她们已经找到了治疗瘟病的灵药，它在离家乡九天路程的高山之上。它是一种植物，阳坡开红花，阴坡开白花。它们的根茎，红皮的可以解毒，白皮的可以清热。你们可以把它的根茎栽在家乡各地，以后就免得再上山采药了。于是，乡亲们选派十几名精壮巴郎子按照她们梦中的嘱告，果然采回许多红白皮的块根。他们把它分别栽在家乡的阴阳坡上，用它的根茎，终于完全治好了部落的病人。

为了衷心感谢和永久纪念这两位英勇的姑娘，他们便把这种植物叫做屈谷鹿克，它的汉语的名字就是芍药，开红花的根茎就是中药中的赤芍，开白花的根茎就是中药中的白芍。

（白垒）

桑树神的传说

高昌城北约百八十里的地方有一座石佛寺，这里住着二百多户人家。

据传，修完寺院后，有一只燕子从外地衔来的一颗桑葚种子，掉落在寺院的围墙里。这种子落地后不久便长出了一棵桑树苗。寺院里的僧人把小树苗加倍小心地看护着。

不知过了多少年，这棵桑树长得出奇的茂盛，每年树上都是要结满累累桑葚。村子里的大人小孩，几乎没有不吃这桑葚的。奇怪的是，这里很少有人患病。但谁也没把这事往心里想。

一到初夏，紫里透红的桑葚挂满树枝，村里的人们都来采桑葚吃。久而久之，不知谁传话来，说这桑葚可治老年气管炎、五痨七伤种种病痛，桑枝、桑叶和鸡蛋可治捂伤等等。就这样一传十，十传百，百八十里缺医少药的人们知道了石佛寺里有一棵桑葚神树，它浑身上下都是宝。

村里的老年人常常带着孙儿到寺院门旁，蹲在墙根下，唠家常。天长日久，这里又成了休闲的好去处。有一位夏奶奶眼神不好，有一天她的孙子硬拉她到那里去玩。由于这年春天正赶上天旱，百年老桑树也变了模样。它的叶子少了，桑葚少得可怜，只有十多颗。人们只得眼巴巴地望那稀疏的稀罕物。一天，太阳快要落山了，人们各自回家，可是夏奶奶的孙子说啥也不回去。他看看没有别人了，捡起一块石头朝桑树上打去。碰巧，这块石头竟打落了两颗紫里透红的桑葚。眼尖手快的孙子拾起一颗，赶忙塞到奶奶嘴里，另一颗扔到自己嘴里，祖孙俩都连连说味道太甜了。

夏奶奶和孙子吃下桑葚，都觉得回家时走路的步子轻快了许多。第二天早晨奶奶醒来后一睁眼，两眼看什么都出奇的明亮了。夏奶奶的儿子和儿媳又高兴又纳闷儿。这时，夏奶奶便把昨日吃了石佛寺院树上桑葚的事告诉了他们。她的多年眼病，一下根除了，全家人都乐得不知说啥好了。

夏奶奶领着孙子去石佛寺院祭拜桑葚树神。这事传开后，接着又有几位患眼病的老人去石佛寺院外等那桑葚落地呢！

（搜集整理者：乔桂五）

一碗泉边醉马草

木垒城南有座孤零零的山，巍峨挺拔，形如屏障，人们都叫它照壁山。而在古代，它的名字叫独山。独山以东的河滩和谷地，生长着一种能置牲畜于死地的毒草，人称“醉马草”，但这种草在独山以西却很难见其踪迹。人们都说独山就是独特，并因此演绎出许多神奇有趣的故事。

相传当年周穆王驾八骏辇车向西巡游，曾遇到灵山魔怪设置的重重障碍。穆王不避艰险，以正义之剑击退邪恶势力，实现了和西王母的历史性聚会。西王母是统帅西域部族的首领，她在风光如画的瑶池仙境摆下蟠桃盛宴，盛情款待远道而来的穆王一行，给这位中原天子以最高的礼遇。两大首领的相会，加强了中原地区和西域的联系。灵山魔怪对此既惧怕又非常妒恨。它欲加害穆王，却因西王母整日不离穆王左右，因而难以下手。终于有一天，周穆王要归东土，西王母挽留不住，便设宴瑶池为穆王饯行。宾主开怀畅饮，吟诗唱和。西王母唱到：“白云在天，山陵自出；道里悠远，山川间之；将子无死，尚能复来。”表达了友好的情谊。周穆王也即席答歌：“予归东土，和治诸夏；万民平均，吾顾见汝，此及三年，将复而野。”约定三年以后再返瑶池。西王母向穆王赠送了许多灵山珍宝。还亲手盛了一葫芦瑶池圣水，让穆王带着在路上解渴，并亲自护送穆王下山，一直送到了独山脚下，两人才依依惜别。然而此时，灵山魔怪早已在独山后面布下了杀机，它将一腔毒汁喷在路边的野草上，心想只要毒死了替穆王驾车的八匹骏马，穆王必然会渴死在荒郊。

却说周穆王一行过了独山，早已是人困马乏，车速慢了下来。穆王见路旁水草丰茂，便命令停车牧马。那八骏马只吃了几口路边的青草，便一个个口吐白沫，蹒跚如醉。穆王见骏马中毒，急忙取出西王母赠送的瑶池圣水，倒了一碗给八骏灌下。这瑶池圣水果然不比一般，只几滴下肚，便立刻给八骏解了毒。灵山魔怪的毒计终究没有能够得逞。

周穆王驾着八骏辇远去了，去东土实现他那“万民平均”的宏图大业，那只盛过瑶池圣水的玉碗却遗忘在山脚下。后来，这玉碗借天地之灵气，承日月之精华，化作一股清泉，在独山脚下汩汩流淌。这泉水纯净甘甜，春不见增多，夏不见减少，常年不断，四季长流，而且不多不少刚好一碗。后来，人们便把此泉称作“一碗泉”。把这种有毒的草叫做“醉马草”。

往事如烟，岁月沧桑。究竟当年穆天子西巡时是否经过木垒，他的八骏马是否在独山下中过毒，这些都只能留给史学家去考证了。但是穆天子和西域人民友好交往的故事，带着神奇的色彩，千百年来一直在民间广为流传。如今，照壁山下的一碗泉仍流淌着碗口粗的一股清流，浇灌着戈壁农田。清人史善长当年谪戍新疆时，曾取道木垒赴伊犁，途经一碗泉村时下马洗尘，并以水代酒，畅饮一番，饮得兴起时当即赋诗一首：“一碗不寻常，军持仔细量，攒眉同酒试，染指当羹尝，浅酌休言量，佳名竟有方，卢仝如过此，无计润枯肠。”这清澈的甘泉，优美流畅的诗句，似乎都在印证着那个古老而神奇的传说。那“醉马草”的存在，则是邪恶势力永远也抹不掉的罪证。

醉马草，学名叫小花棘豆，为豆科棘豆属多年生草本植物。其根系发达，耐寒、耐旱、耐贫瘠，每逢降水稀少的年份，许多杂草枯萎死亡，惟有醉马草仍然生机勃勃。这时，马、牛、羊因缺少牧草而被迫采食，便会引起慢性中毒，肝脏和神经系统严重受损。醉马草并非木垒独有，在内蒙古、宁夏、陕西、青海、甘肃都有分布。而在木垒，醉马草则集中在照壁山以东的白杨河、博斯塘一带。当地牧民都知道醉马草的厉害，放牧时都注意避开它，以防牲畜中毒。需要提醒的是，外地来木垒游玩的朋友们，假如你乘马在照壁山以东的草原上游玩作客，务必要照看好自己的坐骑，以防误食醉马草，因为“瑶池圣水”毕竟还是非常遥远的。

（摘自《木垒揽胜》）

蝎子草的故事

凡是土生土长的木垒人都知道，山区有一种野草，有一人多高，有毒，能蜇伤人。当地人管它叫荨麻，它还有“蝎子草”、“咬人草”的别称。外地人生来乍到，老是不提防被荨麻“咬”上一口，顿时就像被马蜂蜇了一般，虽不见伤口流血，却奇痛难忍，奇痒难耐，伤口上还会立即鼓起指甲皮大的一个小包，就像是出了荨麻疹，越挠越痒。老一辈人说，荨麻草是蝎子变的。假如你要有兴趣，他会给你讲一番蝎子变草的神奇故事。

传说在很久很久以前，中原大地有一位天子叫周穆王。穆王生性好动，他驾八骏车，遍游华夏名山大川，广交八方英雄豪杰。这年他向西巡游，穿戈壁，过沙漠，不一日来到灵山脚下。灵山怪探得这一消息后极为恐慌。它惧怕穆天子与西王母相会，于是便放出毒蛇、猛蝎、黄蜂、蜈蚣等下山，封锁了通往瑶池的道路。这些毒虫下得山来，变作一人多高的野草，遍布道路边、水渠旁，乍看起来，这草随风摇曳着枝条，舞姿婆娑，却是毒如蛇蝎，挨着便死，碰上即亡。穆天子不避艰险，他执剑在手，左挥右砍，披荆斩棘，终于杀开了一条血路，登上灵山瑶池，实现了和西王母的历史性会晤。如今，在穆天子当年西行的路上仍长着这种会“咬”人的毒草，似乎在印证着那个古老的传说。

“蝎子草”的学名叫荨麻，为荨麻科多年生草本植物，春发冬谢，通常能长一米到一米五高，有的则高达两米以上。茎直立，有四棱，叶对生，似大麻的叶子。全株从茎到叶密生螫毛，荨麻“咬人”，靠的是茎叶上的螫毛。螫毛虽短却很锐利，并且带有毒汁，用以杀伤来犯之敌而保护自己。当地人从懂事起就知道荨麻会“咬人”，从不轻易冒犯它，若是到了非接触不可时，则小心翼翼地从枝条的下端上捋，避其锋芒，自然不会被螫毛刺伤。五十年代末进疆的江浙支边青年因初来乍到，每每被荨麻“咬”伤。有人写信向家人诉苦，说新疆的野草会“咬”人。于是，草“咬”人的故事不胫而走。当年支边的江浙青年，如今已都是儿孙绕膝的人了，而他们当年被草“咬”伤的事，如今还是人们茶余饭后的笑料。

荨麻其貌不扬，它的花很小，既不艳丽，又无芳香，然而，当地的农牧民非但不嫌弃它，反而将它视为珍宝，常常引以为荣并津津乐道。荨麻生命力旺盛，分布较广，是木垒山区的一大资源优势。它有很高的药用价值。如果有人遭到蜂蜇或是蝎子蜇，可将新鲜荨麻枝条捣烂，取汁液敷于伤口，以毒攻毒便可迅速止痒解痛，对于草原上常见的风湿性关节炎，肩周炎，取适量荨麻枝叶煎水洗患处，也有很好的疗效。

荨麻的茎杆表皮是一层厚厚的纤维，韧性很好，剥其纤维，或搓绳、或编织、或造纸，或织布，都是上好的原料。荨麻的枝叶中含有丰富的蛋白质、胡萝卜素，还含有多种维生素，是富有营养价值的优质牧草。虽然在夏季里各种牲畜都不愿光顾它，可是等到深秋霜降之后，荨麻枝头籽实累累，叶子里的苦涩味也都基本消失。这时，牛羊驴驼都钟情于它，争相采食。如果将成熟的荨麻枝条割回，晒干粉碎，再用开水煮烫，拌以麸皮，就成为猪的上等饲料。用其喂猪，不出十天半月，猪浑身就会油光发亮，并明显开始增膘。过去人们对荨麻不甚了解，只知道它会“咬”人而敬而远之，任其春荣冬枯，自生自灭。这实在是一种资源的浪费。随着科学技术的普及，人们开始逐步认识荨麻，合理利用荨麻。“咬人草”将开始造福于人类。

（摘自《木垒揽胜》）

桑树的阴影

在喀什噶尔绿洲的一个村子里，有一个巴依，他的家坐落在大路的旁边，院子前有一棵高大的桑树。每逢夏天的时候，巴依就坐在树阴下乘凉。

有一天，来了一个骑驴过路的聪明人，他把驴拴在树上，也躺在桑树下乘凉。巴依看见就喊起来："喂！不许躺在这里乘凉，快起来，快走快走！"

聪明人说："为什么？这树阴也不是你的。"

巴依说："这棵树是我栽的，是我浇水，它才长大的，所以这棵树的树阴自然属于我的。"

聪明人说："既然这样，那么我现在需要在这里乘凉，你把这片树阴卖给我吧，我可以给你钱。"

贪财的巴依一听到"钱"字就立刻高兴地答应说："好，好，那样的话，我就卖给你。"

于是，巴依找来了三四个中间人，经过他们的说合，巴依就把这片树阴卖了出去。聪明人也在这里住了下来。

从此以后，这个聪明人每天一到太阳出来的时候，他就躺在桑树下乘凉。树阴移到巴依的院子里，他就躺在院子里，树阴移到客厅里他就躺在客厅里……，总而言之，树阴移到什么地方，他就躺在什么地方乘凉。有时遇见过路的行人，他便叫他们到树阴下乘凉，甚至把他们骑的驴和别的什么牲口也牵到树阴下乘凉。

没多久，巴依实在忍不住了，就气愤地责问聪明人："你为什么到我的院里、客厅里去乘凉？以后不许去！"

聪明人说："我已经把树阴买下来了，树阴属于我，树阴移到什么地方，我就在什么地方乘凉！"巴依听了干生气，一点办法也没有。

有一天，巴依的客人来了，在院子里坐着。这个聪明人也不管有什么客人，就大摇大摆地走进去躺在地上乘凉。客人看了，觉得很奇怪，当客人们知道了巴依卖树阴的事以后，乐得哈哈大笑。

后来，巴依在这里实在住不下去了，只好搬到别的村子去了。聪明人呢，也就住到这座房子里，巴依拴马的地方，成了聪明人拴驴的地方。

从这以后，大桑树下也成了穷人们乘凉的好地方。

（汪永华　马树康）

雪莲花

雪莲花生长在天山雪线以下海拔2800～4000米之间的石缝、岩壁和湿润沙地上。雪莲性辛热，有“通经活血，祛风胜湿”之功效。高山放牧的哈萨克人常将它插在毡房上，象征吉祥兴旺的生活和纯洁高尚的爱情。

很久很久以前，天山南北辽阔的土地上，没有沙漠，没有盆地，没有河流，只有一望无际的草原。草原上泉水涓涓，绿草如茵，鲜花盛开，牛羊肥壮，骏马驰骋，不时传来牧民的愉快歌声。有个牧羊姑娘名叫吉尔洁罕，她的容貌像鲜花那样美丽，她的歌声像百灵鸟那样动听。草原上的小伙子们没有一个不喜欢她的，都渴望得到她的爱情，然而她早有了意中人，那就是勇敢的塔依尔。

吉尔洁罕是这样爱上塔依尔的。那天，她放牧时遇到了狼群。饿扁了肚子的恶狼们瞪着贪婪的眼睛，张开大口，疯狂地嗥叫着，扑向羊群，扑向这位善良的姑娘。这时塔依尔飞也似的赶到这里。他挥起木棒，奋不顾身地和恶狼搏斗。他打死了一只又一只恶狼，救下了吉尔洁罕，保护了羊群。姑娘感谢这位英俊的青年，他们相爱了。不久，就举行了婚礼。人们纷纷赶来祝贺。冬不拉弹起欢快的乐曲，人们唱啊、跳啊，衷心地为一对新人祝福。突然，乌云滚滚而来，狂风大作，飞沙走石使人难以睁开眼睛。等到风消云散，新娘吉尔洁罕不见了。塔依尔十分悲伤，他决心找回吉尔洁罕。他明白，那阵风是向天山刮去的，他只有去天山找。他走啊走啊，来到一个帐篷前，只见一个老婆婆昏倒在地上。他急忙把她救醒，扶回帐篷。老婆婆感激地对他说："谢谢你，年轻人，你为什么到这里来?"塔依尔向她说明了原因。老婆婆叹了口气说："那可怜的姑娘一定是被魔鬼捉走了，魔鬼住在山顶上，那里极其险峻，你如果要去那望，闹不好会摔得粉身碎骨。年轻人，你还是回去吧!"塔依尔为找吉尔洁罕，粉身碎骨也不怕，老婆婆感动了，送给他两块红纱，并说："孩子，你到天山下脚踏着这两块红纱，就可以飞上山顶。"

塔依尔向老婆婆道谢后，继续向前走。他历尽艰辛，终于来到天山下。这时，有个老爷爷从山坡上摔下来，双腿受了伤。他急忙给老人包扎好伤口，并把老人送回家。老人感激地说："谢谢你，好心人。你为什么事来到这里?"塔依尔向他诉说了吉尔洁罕丢失的经过。老人说："她一定是被魔鬼抓去了。魔鬼神通广大，又能口吐烈火。你遇到他，恐怕难以生还，你还是回去吧!"塔依尔坚定地说："哪怕魔鬼把我烧成灰烬，我也要找到心上人!"老人被他的精神感动了，激动地对他说："我就是想去山上和魔鬼决斗，不慎摔坏了腿，现在我把这把宝刀送给你。"塔依尔接过宝刀，将刀拔出刀鞘，只见刀光四射，寒气逼人。老人告诉他："这刀叫做驱魔刀，虽然魔鬼有些怕它，但魔鬼能腾云驾雾。他吐出的烈火很毒，被他的烈火烧过的土地，寸草不生，你和他交手千万要十分小心啊!”

塔依尔告辞了老人，决心铲除恶魔，救出心上人。他踏上红纱，红纱立刻托他腾空而起，飞快地来到山顶。不知飞过多少山峰，他终于找到了魔鬼的洞窟。只见吉尔洁罕双手被铁链锁着，脸色憔悴，满面泪痕。此时，她见塔依尔来到，又惊又喜。塔依尔拔出宝刀，砍断锁链。锁“当啷”落地，惊动了魔鬼。魔鬼露出一副狰狞的面目，张牙舞爪地向他扑来。塔依尔挥起光芒四射的宝刀向魔鬼砍去。魔鬼见了宝刀，又惊又怕，急忙向南逃跑。塔依尔踏着红纱，闪电般的追赶。魔鬼见难以逃脱就拼命和塔依尔搏斗起来。他们从地上斗到空中，又从空中斗到地上。塔依尔挥剑荡起阵阵大风，卷起漫天泥沙。地凹下去了，成了塔里木盆地。宝刀撞击烧起烈火，烈火烧焦了大片土地，这就是塔克拉玛干大沙漠。塔依尔挥起宝刀，勇不可挡，奋力追赶。魔鬼难以脱身，他们又在天山北面激战起来。只见刀光闪闪，风沙滚滚。他们都精疲力尽了，却谁也不肯罢休，塔依尔聚集毕生之力，挥起宝刀向魔鬼做最后一击。魔鬼被砍掉一条胳膊，倒在地上。但他挣扎着向塔依尔吹了口气，塔依尔被化为一团烈火，烈火烧过的那片土地，就是今天的古尔班通古特沙漠。

魔鬼虽然被砍断了一条胳膊，却妄想再回到自己的洞窟。他踉踉跄跄地向天山而来，在许多小山包上留下了鲜血，这些山包被染红了，直到现在还是红色的，有的就叫红山。魔鬼回到洞窟的时候，由于失血过多，已经奄奄一息。他告诉吉尔洁罕，塔依尔被他烧死了。吉尔吉罕怀着满腔的仇恨，用全身力气搬起一块石头，奋力向魔鬼砸去。魔鬼一点力气也没有了，无法躲闪，被砸死了。

吉尔洁罕悲伤地站在山顶，向北深情地眺望。她多么希望魔鬼带给她塔依尔的死讯是谎言，塔依尔能和她相会。她几天几夜没合眼，看到的是皑皑白雪和险峻的山峦。她确信塔依尔的确死了。她哭啊哭啊，眼泪从山上流下来，流成了两条大河。向南流的是塔里木河，向北流的是玛纳斯河。她万分悲伤，碰死在山崖上。她流出的鲜血溶进了石缝，她的一颗红心变成了一粒种子。这用鲜血浇灌的种子，很快就在山崖上生根发芽、开花了。冰清玉洁的花瓣象征着爱情的纯洁，火焰般的花蕊象征着赤诚的爱心。它在山崖上昂首怒放，不惧狂风暴雨，笑傲三九严寒。这就是雪莲花（卡日来里斯）——美丽坚贞的花！

（讲述者：吾甫尔江）

（采录者：戚宗云）

瑶池神针

天池又叫天池海子，它东、南、西三面是常年积雪的高山峻岭，只有北面的地势比较平坦，像一个大坝横卧在海子北岸。在这个大坝的中间，孤零零地长着一棵大榆树，人们称它是定海神针。

传说，每年的夏秋季，南海老龙王耐不住酷热，总要到天池住上几个月避暑。老龙王知道，天池是王母娘娘的封地，所以，在天池期间总是规规矩矩的。但随他来的虾兵蟹将们却不那么安分守己，常常为了点儿小事打架斗殴。这种情况一旦发生，天池里的水就被搅得猛涨，最后漫出北岸冲下山去，给山下的人们造成灾难。这些虾兵蟹将都是老龙王的心腹亲信，对于它们的胡闹，老龙王只是睁只眼闭只眼。因此，每年的夏天，天池里的水总要被虾兵蟹将们搅下山去几回。时间一长，这种情况被王母娘娘知道了。王母娘娘心想，如果直接治那些虾兵蟹将的罪，怕老龙王生气，不给天宫供奉珍珠珊瑚了；如果不管不问，又怕以后出了大乱子，惹玉皇大帝发怒。最后，王母娘娘想出了个两全其美的办法：她把手中的拐仗插在天池北岸，让它变成了一棵榆树。从此以后，天池的北岸就随着池水升降，使池水再也漫不出北岸。后来人们就把那棵神奇的榆树称为定海神针。

（讲述者：袁宗国）

（采录者：戴明忠）

花容月貌话枸杞

在新疆，夏秋季节，无论你走到哪里，都能看到那低矮带刺、挂满红果的林子，这不是别的，这是新疆的特有产物：枸杞。别看这枸杞长相不起眼，它却有着不可言传的妙用。北宋年间就流传着因常食枸杞而青春不老的故事。

北宋末年，有一位朝廷官员奉命到西域办事。一进入西域境内，满目的红果绿叶让这位官员欢喜不已。他跳下马一边欣赏一边啧啧称奇。正当他流连忘返之际，一位姑娘的身影出现在他的眼前。只见那姑娘一头乌黑发亮的青丝直披腰际，面貌娇艳，眉目传情，身材如柳枝，看起来也就十七八岁的样子。官员以为在梦中，使劲揉了揉眼睛，再一细看，姑娘正在追打一个白发老人。老人家弓腰驼背，看上去有八九十岁的样子。官员看了不忍，上前大喝一声："姑娘，快住手！不许欺侮老人家。"

姑娘看了一眼官员，没理他，举起手中的棍子再次抡向老翁。老翁边躲边喊："别打了，别打了，我全听你的。"官员一把夺下姑娘手中的棍子，厉声问道："尊老爱幼你不懂吗，你为何如此对待老人家？"姑娘这才开口说："这孩子是我的曾孙儿。"

官员大吃一惊，说；“你是老人家的曾孙女吧？看你长得温文尔雅、气质非凡，没想到你这么不懂道理，居然追打老人家，还满口胡言。走，跟我上衙门说理去。”

说着，官员就拉着姑娘的手要去衙门为老翁说理。老翁一看急了，忙喊道：“曾祖奶奶，孙儿听你的。”说着，老翁拉住官员的手请求：“我真是她的曾孙儿，你放了她老人家吧。”官员越听越糊涂，想了半天后说：“你为什么要打他呢?”只听姑娘说：“我家有良药，他不肯服，年纪轻轻就一副老态龙钟的样子。你看他头发也白了，牙齿也掉光了。就因为这个，我才要教训他。”官员好奇地问：“敢问姑娘多大了?”“我今年372岁了。我的曾孙儿不过90岁，你看他都老成啥样了，不教训他能行吗?”

官员大吃一惊，问道：“你是如何得到高寿的呢?”“我常年食用枸杞的果，我们叫它枸杞子。吃了它，可与天地同寿。”官员听后，立即记录下来。从此，有关枸杞长寿美容的说法流传至今。

新疆枸杞有野生和人工栽培两种。野生枸杞粒小，肉少，色差。目前收购、出口的全为人工栽培的产品。全疆各地都有栽培，博尔塔拉蒙古自治州所产最多，质量也比较好。博尔塔拉枸杞，以粒大、肉厚、籽少、色红、柔润等著称，畅销国内外。每年夏至前后采收的枸杞质量最好，秋季则于处暑至白露间采收为宜。过早过迟，都会影响枸杞的质量。

枸杞是古代养生学家十分重视的一味滋补强壮药，很多延年益寿名方中都用到它。枸杞味甘、性平，可滋补肝肾，益精明目；也可治头昏目眩、耳鸣、目昏多泪、视力减退、虚劳咳嗽、腰脊酸痛、遗精及糖尿病。枸杞含甜菜碱、胡萝卜素、维生素 C、微量元素锗等抗癌物质。中医临床证明，枸杞能调节机体免疫功能，防止化疗引起的白细胞下降。对肿瘤患者血虚阴亏、头晕眼花、血色素低、白细胞减少等都有较好疗效。

（艾梅）

大鹏鸟的故事

从前，有一个渔翁，他每天起早贪黑地在叶尔羌河边上撒网打鱼。但是，卖鱼得来的钱还是维持不了老夫妻两人的贫苦生活。

有一天，在渔翁打鱼的河岸上飞来一只巨大的大鹏鸟，它落在一棵梧桐树上默默地看着渔翁打鱼。老渔翁撒了一网又一网，一直到太阳落山，只打到一条小鱼。这时大鹏鸟从梧桐树上飞了下来，向老渔翁询问道："这条小鱼能有什么用处呢？"

"不管怎么样，我都要把它拿到巴扎上换点钱买粮。我们已经揭不开锅了。"老渔翁有气无力地回答。

大鹏鸟十分同情地说："我很可怜你们老夫妻俩，从现在起，我每天捉一条大鱼送给你们，希望能让你们过一个幸福的晚年，但是，这个情况千万别对任何人说起。"

老渔翁欣喜若狂，发誓不对任何人讲述关于大鹏鸟的事情。

从那天起，大鹏鸟每天飞到老渔翁身边，给他送来一条又大又鲜的鱼。老婆婆把鱼切开洗净，再用红柳枝烤熟，老渔翁就拿到巴扎上去卖。

老夫妻俩每天卖鱼可以赚很多钱。没过多久，渔翁渐渐地富裕起来，成了一个远近闻名的大富翁。他购置了漂亮的房子，买了座美丽的花园。

这天，老渔翁像往常一样，到巴扎上卖香喷喷的烤鱼。这时国王的使臣走了过来。

他大声宣布说："大家听着，最近，我们这里发现了一只很有本事的大鹏鸟，谁要是知道在什么地方能够捉到大鹏鸟，国王就把自己的王位分一半给他，并把自己的女儿嫁给他做妻子!"

听到这话，老渔翁心里一动，从座位上忽地站了起来，但是，他马上又想起了曾经对大鹏鸟发下的誓言，于是，他又慢慢地坐了下来。但是老渔翁的反常行为，却被国王的使臣看得清清楚楚。使臣想：这个老渔翁一定知道大鹏鸟的情况，于是，老渔翁被带到了国王的面前。

国王对老渔翁说："我的年纪越来越大了，许多御医给我开了数不清的药方，但都没能使我返老还童。最近，有一位神医告诉我说，喝了大鹏鸟的血就能返老还童，如果你能捉住大鹏鸟，我就把我的王位和我的财富分给你一半，还把我的女儿给你做妻子。但是，如果你不讲实话，我就命令卫士杀了你!""大鹏鸟是一只巨大无比的鸟，一百个人也捉不住它。"老渔翁犹豫了一下，但他怕死，为了保住自己的性命，终于说出了实情。

国王说："我给你四百名卫土，只要你把大鹏鸟落下的地方指给他们，我的卫士们就会捉住它的。"

渔翁把国王的卫士们带到了自己的花园，又把他和大鹏鸟的关系告诉给这些人。

国王的卫士对渔翁说："大鹏鸟在天空，我们无法捉住它，应想办法让它落到你家的院子里，你给它准备一些吃的东西，呼唤它落下来，我们趁机就可以捉住它。"

国王的四百名卫士埋伏在渔翁的花园里，等待着大鹏鸟。渔翁把盛满食物的盘子放在院子中间，自己则拿着一根长杆，长杆头上缠着一块红布，来回挥舞着，嘴上吹着响亮的口哨，没过多久，大鹏鸟听到呼声飞过来。渔翁对着大鹏鸟招呼说："喂，我的好朋友，飞下来吧！我给你准备了丰富的食物。"

大鹏鸟落到盘子旁边，开始吃食物。这时，四百名卫士突然一起奔向大鹏鸟。大鹏鸟惊慌地展开巨大的翅膀，向天空飞去。渔翁离大鹏鸟最近，抓着了大鹏鸟的一只脚，被大鹏鸟带向空中，而国王的卫士们只抓住了渔翁的脚。这样，一个人抓着一个人的脚，连成了一串被大鹏鸟带向天空。大鹏鸟越飞越高，老渔翁终于坚持不住了，他一松手，一长串人便从高高的天空掉下来摔死了。

（汪永华　马树康）

焉耆马

新疆自古以来就是出良马的地方，民间传说焉耆马是龙的后裔，有“龙驹”之称，蒙古、回等民族中都有它的传说。

从前，有个叫鲁宗江的王爷，占据着水草丰美的博斯腾湖东南的一个叫骆驼湾子的地方。这里北有查汗沙太山，南有多罗岭，两山相夹，山势险要，红石合垒，有大小山沟十余个，还有天然的艾力森鲁克泉，方圆一百多里是天然的放牧草场，王爷和妻子已年过半百，他们生有四子，大的叫巴生，老二叫郎才，老三叫赛普图仁，老四叫道布代。四个儿子都已成婚，并各有儿女三四个，但因王爷管理家财有方，一家大小近二十几口人和睦相处，各按王爷的吩咐干事。王爷对给他放牧种地的人也是坦诚相待，因此，周围所有人都过着安居乐业的生活。

王爷毕竟是上了岁数的人，他想我在世的时候，四个儿子可以情同手足，不会闹起纠纷，万一我不在世了，四个兄弟免不了会为家产争吵起来，闹不好要动干戈，伤弟兄们的和气，也会让别的部落的人取笑我鲁宗江，与其这样，不如趁我在世的时候把家里的马、牛、羊、骆驼都分给他们弟兄们，让他们各占一块地方去放牧，这样既可让他们独立管家，也避免了以后闹矛盾。晚上，他把自己的想法告诉了妻子吐米尔，妻子赞成王爷的主张。

第二天，鲁宗江王爷请来几个长者和亲戚，把四个儿子和儿媳妇召集到一起，将自己分家的意图讲了出来，结果几个儿子和媳妇也表示赞同。王爷就按自己的家产，把二百只羊分给了老大巴生，二百头牛分给老二郎才，三百匹马分给了老三赛普图仁，二百峰骆驼分给了老四道布代，王爷自己留下了马、牛、羊各一百只，让别人代放。这样平平安安地过了几年，弟兄们像过去一样，没有大的争吵。

天有不测风云。有一年，王爷到五十里外的地方作客，回来时刮起了龙卷风，一阵天昏地暗狂风呼啸，把马吹得东倒西歪，站也站不住，马的前蹄踩到了一块石头上，一斜，把王爷从马上摔下来。龙卷风过后，王爷昏迷了很长时间，才被家人抬回家去，但没过几天就命归黄泉了。

果然，不出王爷生前所料，王爷死后，四个儿子虽然各有一份可观的家产，但想到王爷尚有一些马、牛、羊、骆驼，都想来争抢，老大巴生最老实，劝说弟弟们不要再去要父亲的财产了，老四道布代不但不听大哥劝阻，反而骑上马要去抢夺在额勒森浩雄放牧的一群羊，老大、老二、老三看老四骑上马走了，一时找不到合适的马，只好到后面马圈里，各骑上一匹马追赶弟弟道布代。他们从中午追到将近黄昏，才来到额勒森浩雄。这时他们都精疲力尽，马走不动了，人马困乏得像一滩泥，都躺到沙滩上。不一会儿，马也迷起眼睛，人也进入了梦乡。不知过了多长时间，只听不远处海浪翻滚，吼声如山崩地裂，一对眼睛亮如灯笼的怪物随着海浪滚到了弟兄们躺卧的地方。弟兄四个一起惊了起来，那怪物两个眼睛发出的亮光射得兄弟几个睁不开眼睛，胡须利如钢针，扎到了兄弟身上痛得他们大声哭叫。弟兄四个忍痛挥起马鞭，向怪物身上抽打，怪物也摇头摆尾向弟兄四个袭来，四人尽管身强力壮，但仍不是怪物的对手。老三赛普图仁最机智，而且学得了一点法术，他暂躲到一边，运了运神气，面向天空，暗暗祷告，刹时，从天上飞下一串串光环，套住了怪物的脖子。弟兄四个一齐上前用套绳拴住光环，使劲地将怪物托到水中，用拳头狠狠地打，他们与怪物搏斗了三天三夜，但怪物必竟是个庞然大物，它使出全身的力气，将老大、老二、老四甩到了深潭中，剩下老三一个人，见不到两个哥哥和弟弟，跑到沙漠中哭呀哭呀，不知流出了多少眼泪，最后他坐的地方冒出了清清的水，这就是现在的艾勒森布拉克泉。兄弟三人死后突然在深水中出现三座大山，像馒头一样，因为这三座山过去人们都没有见到，后人便称这三座山为三道海心山。

第二年，在弟兄四个与怪物搏斗的地方，人们发现了一匹又高又大的马驹，这马驹的头有两米长，眼如铜铃，长耳朵，人鼻孔，它跟自己的母亲一起在苇湖中穿梭，谁也别想亲近它。人们只知道这高头大马一年年在增多，究竟有多少，谁也无法数清，因它的头很像龙头，人们又称这神马为龙马。因为在和硕地方，人们又称和硕马。不知又过了多少年，有一个叫巴图尔的蒙古人抓了几匹马带到焉耆去卖，人们又称它为焉耆马。

（讲述者：巴图尔）

（采录者：刘增智）

幸福鸟

很久以前，有个殷实富裕的家庭。这个家庭人丁兴旺，举家团圆，日子过得非常红火。因为据说是幸福鸟栖落到了他家，很久很久也没离开他家。

一天，幸福鸟对这家家长说："我在你们家住了许多年，而在一个地方住的时间多了，就会感到厌烦。所以，我想去各地走走。我就要离开你们了，如今你们希望我给你们留下什么东西，尽可以不客气地提出来，我一定满足你们的要求。"

家长听了这话答道："这样的话，请你给我三天时间，让我和妻子与儿孙们商量商量，然后回答你。"

于是，那位家长便把妻子、儿子、孙子，叫在一起，向他们说了一遍和幸福鸟讲的话，大家便商量起来。

这时，一个儿子说："我们向它要四种牲畜。"

另一个儿子反对说："不，我们应该要求它把土地、磨房、碾房、花园留给我们。"

一个女儿却说："应该让它将摆满货物的商店，留给我们。"

小女儿也上前进言："最宝贵的东西是金子和银子，珍珠和玛瑙，让它把这些留给我们。”

就这样，他们争来争去，说这说那，整整两天也没有定下来一件东西。

那位家长也没想出个好主意来。他问妻子：“嗨，老婆子，商量时还有没有没参加的人呢？”

妻子回答说：“新娶的媳妇，商量时没参加。”

家长立刻吩咐道：“你把她也叫来。”

新媳妇到了公公的面前，公公把发生的事情和大家的意见，说出的各种话语，向儿媳一字不漏地说了一遍。问儿媳道：“我们该让幸福鸟为咱家留下什么好？”

新媳妇听后，不假思索地回答说：“我们该让幸福鸟把团结留给咱家，原因是团结可以使我们百业兴旺，永远富裕，避免纠纷，因而可以使我们像现在一样，过和睦相处富裕兴旺的日子。”

听完儿媳的话，公公高兴地说：“这下才找到让幸福鸟留给我们家的传家宝了。”

第三天，幸福鸟到了家长的身边问：“你们可商量好了，要我留给你们什么东西？”

家长说：“我们商量好了，请你把团结留给我家，然后再走。”

幸福鸟说：“我离开你们要带走的东西，也正是团结。你们既然要它，我就给你们，这样我也就不离开你们家了。”

这样一来，幸福鸟就没离开这家，仍然住了下去。这个家庭也仍旧和睦相处，永远过着幸福欢乐、富裕兴旺的日子。

（翻译者：张宏超）

阿克库勒湖边的四只白狐

在喀纳斯美丽的深山老林里，有一个阿克库勒湖。因为湖水乳白而显透明，当地的哈萨克族牧民又叫它白湖。

相传很久以前，一个名叫巴颜的蒙古族人，每到夏天就来到这里游玩。这里山高林密，生活着熊、狼、野猪、白狐等，天上是各种飞鸟。巴颜很喜欢在这里打猎。

不知为什么，白狐开始偷吃鸡。村望的鸡一天天在减少。巴颜的二叔和村民们找来两条特别厉害的猎犬，准备追捕白狐。

一次，白狐在猎犬的追逐下拼命地跑啊跑，突然在一条湍急的河边，一眨眼不见了。此时，湖面比平常高一倍，激流拍打着河里的石头，拍打出无数飞溅的水花。两条勇敢的猎犬，不等主人下令，纵身跳下了水里追捕白狐，但很快被洪水冲走了。巴颜心疼得落了泪。

到了晚上，二叔家的一只大公鸡又被叼走了。二叔气得脸发紫，发誓一定要杀死白狐。正是农忙时节，还要放牧，这个任务只好交给了巴颜及其表弟切岱。

第二天，巴颜带着猎狗出发了。经过一天的搜索，他终于在水滩边发现了鸡毛，在河边发观了狐狸的脚印。巴颜便沿着脚印向一条丛林茂密的峡谷走去。

他让猎狗隐藏在白狐最容易出现的地方，自己悄悄地爬到了旁边一个枝繁叶茂的树上。烧一壶奶茶的工夫，跑过来一只雄壮的白狐。只见它机警地朝四周观察了一番，四处闻了闻，没发现异常，便向天空发出一声悠长而又舒缓的叫声。紧接着，一只母狐领着两只小白狐出现了。

巴颜看见，两只毛茸茸的小狐狸眼在妈妈的后面，像小羊羔一样又温顺又可爱，一会儿扭成一团，一会儿打打闹闹，快乐无比。玩够了，狐妈妈像变戏法一样，从旁边的灌木丛中衔出一只鸡来，给两个小家伙吃。看着两个孩子狼吞虎咽撕咬着鸡，狐爸爸和狐妈妈不时地舔舔小狐狸身上的毛，目光里充满了怜爱和慈祥。

看到这儿，蹲在树上的巴颜竟然鼻子酸酸的。这个充满温馨的家多叫人羡慕啊！从小失去了父母的他，从没有体验过父母爱的滋味。尽管白狐有被抓的危险，但它们在一起的时光是多么幸福快乐啊！他卸下枪里的子弹，回去了。

村里的鸡仍然在不断地减少。二叔决定亲自去捕捉可恶的白狐。巴颜只好眼在后面。

峡谷里、松树间，突然，一声“呜呜”的叫声，大白狐从远处的树林里蹿出来，向狐洞相反的方向飞跑。显然，它感觉到了危险，故意引着人们向远处跑去，因为这里有它的一家老小。大白狐拼命地跑啊，跑啊，几条猎狗在后面紧追不放。它完全可以找个洞或灌木丛藏起来，但它没有，一直向前跑着。

阿克库勒湖挡住了它的去路，大白狐停了下来。它知道自己陷入了绝境，回头怒视着猎人。突然，它凄厉地尖叫着，猛地向猎狗冲过来。猎狗们惊诧了，扑上前撕咬。立刻，大白狐鲜血直流，撕心裂肺地惨叫着。接着，它愤怒地长嚎着，纵身一跃，跳入了深不可测的阿克库勒湖。

巴颜目睹着这一切，眼睛不禁有些湿润。

二叔找到洞口，用铁锹挖开，捉出了两只不知大祸临头的小狐狸。

回到村里，小狐狸被铁链拴在了院子里的一个小木桩上。

此时，巴颜有一种感觉：狐妈妈一定会来救小狐狸。他躲在下边偷偷地望着，心里矛盾极了，既不敢私自放走小白狐，又不忍心看着狐妈妈自投罗网。

晚上，可怜的小白狐使劲用爪子扯拉着，用嘴撕咬着铁链，将铁链子拉得哗哗直响。突然，它们安静了一下，似乎在听什么，然后扬起头向远处“呜呜”叫着，诉说着对妈妈的思念。

这时，狐妈妈不知从什么地方蹿了出来，不顾一切地冲到木桩前，和自己久别重逢的孩子耳鬓厮磨起来，显得那么亲热。它拼命地咬拽着铁链子。牙齿的撕咬声，在黑夜里显得特别刺耳。远处传来猎狗的叫声，狐妈妈只好逃离了。

第二天晚上，白狐妈妈瞧瞧四周没人，又溜了过来。它继续拼命用牙齿咬拽着铁链子，显得焦急而又痛苦。巴颜躲在一边，看着母子情深的样子，心里很难过。

第三天晚上，巴颜将表弟切岱叫过来，讲述狐妈妈和孩子之间的感情。切岱惊愕得瞪大了眼睛，不相信他说的话。这时，木桩旁又传来哗哗的铁链声，狐妈妈又在咬拽铁链子。

“它冒死一次又一次来救自己的孩子!”巴颜感慨地说。

“真是个好妈妈!”切岱也开始有些同情了。

狐妈妈继续咬拽铁链子，根本不顾周围的一切。

巴颜和表弟切岱跑到了木桩前，狐妈妈居然没有逃跑，往后退两步，仇恨地盯着他俩，作出了拼命的架式。

“小田鼠?”切岱惊奇地发现，小白狐身边放着刚刚被咬死的小田鼠和鸟。这肯定是狐妈妈送来的。他们再一次被感动了。

两人对视了一下，上前解开了铁链子。狐妈妈愣愣地看着他俩片刻，领着孩子们迅速消失在夜幕中。

据说，从那以后这里的牧民们再也没有丢过鸡。

石佛寺的传说

说起高昌城外的石佛寺，还有一个动人的故事呢。据说，石佛寺山西，也就是七星山西，有个姓“瓜尔佳”的人。他长得个子矮小，没进过学堂，也没起过大名，村子里的都顺嘴搭牙地叫他“小瓜尔佳”。

“小瓜尔佳”赶马车是个好把式，村里的财主刘百田看中了他。有一年冬天刘财主雇他拉脚去城里卖粮。他给东家挣钱，不管风天雪天，三天一趟往城里赶。

有一天，“小瓜尔佳”上城里给地主家卖完粮，赶着大车刚出城，鹅毛般的大雪便飘了下来。雪下个不停，道滑难走，路上车少人稀。他赶着车走了大半天人也饿了，马也乏了，天也渐渐黑了下来。眼看已来到东山脚下，心急如火的他爬个陡坡翻过山就可以到家了。

“小瓜儿佳!”听到喊声，他一抬头，看到路旁的石头上坐着一位白胡须老人。老人手望拄着一根棍子，喘着粗气，哀求他让他坐车搭个脚过山去。

“小瓜尔佳”抹了一把眼睫毛上的雪花，打量了一番说：“老大节，这可不行啊，这天寒地冻的坡陡路又滑，万一出个差错，我怎么能担待得起呀！”

可是，他经不住老人的再三央求，把他扶上车，紧甩了几个响鞭就上了岗。走了一会儿，他觉得车越走越沉，后来车轱辘几乎都转不动了。“小瓜尔佳”紧甩几个响鞭也不顶个事儿。好不容易顺着盘山道爬到半山腰，只听车铺板“咔吧”三响，“小瓜尔佳”惊回头，恍惚看到老人站在车上。“怎么？”“小瓜尔佳”吃惊不小，用手一推，好家伙，硬邦邦的。他仔细一摸，原来是个石头人儿。

“小瓜尔佳”顾不得害怕，解开辕马肚带，一张辕，石头人顺着车铺板一出溜，滑到地上还站得稳稳当当的。“小瓜尔佳”系好辕马肚带，抖抖缰绳，紧甩几个响鞭儿，翻过山回了村。

第二天一大早，这件事便呼啦一下子传开了，山东山西的男女老少，都赶来看新鲜事儿——石头人。

老年人七嘴八舌地议论开了，他们自动募捐钱款，当年就为这个石头人修了一座规模壮观的寺院，起名叫石佛寺。由于年深日久，现在的寺院已经整修过。从此石佛寺作为村名一直流传下来了。

（搜集整理者：乔桂五）

克孜尔千佛洞的传说

克孜尔千佛洞位于拜城县境内，山抱水绕、林木葱翠、风光旖旎。千佛洞已编号的洞窟有 236 个，窟内壁画丰富，题材多以佛教、姻缘和本土故事为主，是古龟兹民族文化艺术的代表，有着浓郁的地方和民族特色。

从前，龟兹国王的妃子生了个女儿，取名西仁。姑娘长大成人后，聪明伶俐、美丽无比，人们编成长诗赞颂西仁的美貌，耳听口传，传遍了很多国家。和田国王的王子法尔哈德听说西仁长得漂亮，没有见面就爱上了她，并离开故乡和田，启程到龟兹国去。

与此同时，有好几个王国的国王派出媒人，前去龟兹国为自己的儿子求婚。前来求婚的人踏破了门槛，龟兹国王不知将女儿嫁给哪个王子是好，犹豫不决。最后，他下了一道命令："王宫门前有座隐约可见的岩山，谁能在那座岩山上凿出一千个石洞，我便将女儿许配给他。"王子少爷们听了这话，一个个泄了气，藏头缩脑，唉声叹气地回去了。

却说，法尔哈德穿越戈壁，走过沙漠，经历了千辛万苦，最后来到龟兹国。他为了得到西仁的爱，向龟兹国王保证，说他愿意完成这项任务。于是，他来到那座岩山跟前，用自己在故乡学会的石匠手艺投入挖凿石洞的劳动。

西仁对法尔哈德也是一见钟情。她经常来到法尔哈德身边，给他送菜送饭。法尔哈德不停地挖呀挖、凿呀凿，经过艰辛的劳动，终于凿成了九百九十九个石洞。每个石洞足有一间房子大。当他开始挖凿第一千个石洞时，消息传遍了龟兹国各地。龟兹国大臣的儿子很早就爱上了西仁，但西仁公主却讨厌他。这时，大臣的儿子眉头一皱，计上心来，他找来一位妖婆，用毒药毒死了法尔哈德。噩耗迅速传遍了龟兹国，大地颤抖起来，人们不胜惊诧，心中愤愤不平，泣不成声，为法尔哈德哀悼。噩耗传到西仁公主耳里，她心如刀剜，发疯似的跑去扑到法尔哈德的遗体上放声痛哭，泪如泉涌。哭了一阵，泪眼一闭，头一侧，就断气了。大山看见一对紧紧拥抱在一起的青年男女的遗体，再也按捺不住了，难过得流起眼泪来。

直到今天，那座大山还经常在涌流痛苦悲伤的泪水，泪水使一千个石洞周围的山山峁峁、沟沟壑壑变得百草丛生、林木茂密。

（摘自《传说中的新疆》）

高昌城

高昌城建于公元前1世纪，13世纪末废弃，位于吐鲁番市东约40千米处，现在高耸的城墙依然气势宏伟，护城的轮廓犹存，与吐鲁番西面的交河古城是一对风格不同的“姊妹城”，也是吐鲁番历史的见证。

远古的时候，火焰山脚下有个牧民，名叫丹克雅努斯。一天，他放牧时捡到一张字条。由于文字奇古难辨，他凝目细细看了老一阵，却连一句也念不下来。他把字条揣在怀里，去隐居火焰山山洞里的一位贤哲老人面前，将字条交到老人手中。贤哲已是老态龙钟的老人了，他的头发、胡须和眉毛全都变成了银白色的，腰像弯弓，两只眼睛迷迷蒙蒙地睁也睁不开。老人接过字条，用木柴棍将两只眼睛撑开，看过字条后，一面频频点头，一面露出了笑容。丹克雅努斯感到奇怪，问老人为什么要笑，老人摸摸胡子，说道：“孩子，你的洪福无量呀！从这张字条上写的来看，你从你家院内的那棵大桑树跟前开始，径直朝北行走三百六十四步，然后向东一拐；再走十二步，在那儿深挖一下，就会挖出一个宝库。你就去碰碰运气吧！”

丹克雅努斯弯腰鞠躬，向老人表示感谢后，返回了家中。第二天，他叫来三四个伙伴，来到老人指示的地方，开始挖起来。挖呀，挖呀，挖到七八米深时，挖到一个金门上，门上吊着像马头那样大的一把金锁。又挖了一阵，碰到一块很大的石头，将石头掀到一边，只见下面压着一把闪闪发光的金钥匙。丹克雅努斯拿起钥匙开金门，顿时“轰隆隆——轰隆隆”，发出七声巨响，金门自动打开了，眼前出现一座宫殿。他们借着宫殿珠宝发出的光亮，毫不犹豫地从金门里走进去。宫殿内有四十一个厢房，每一个房间都装满黄金、白银、宝石、翡翠等稀世珍宝。红的、绿的、黄的、白的，五光十色，晶莹夺目。

丹克雅努斯等人立刻将这一奇迹报告了山洞中的贤哲老人。老人建议他们在那儿修建一座宫殿，并跟他们做了商量。丹克雅努斯等人回去后，根据老人的建议，在找到金宫殿的地方，动工修造了一座金碧辉煌的宫殿。宫殿竣工后，又开始修街道，建房屋，没过多久，一座崭新的城市出现了。丹克雅努斯当上了这个城的国王，并请来贤哲老人当他的首席大臣。从此，城市四周广阔的土地和村落居民，都统统归丹克雅努斯管辖，这儿出现了声名显赫、繁华富庶的高昌国。打这以后，“高昌国”这个名字便传遍四方，名闻天下。

（整理者：司马义·铁木尔）

（翻译者：赵世杰）

苏公塔

吐鲁番城的东南郊有一座伊斯兰建筑风格的古塔，建于清乾隆四十二年（1777），是吐鲁番郡王额敏和卓之子苏来曼为表示对朝廷的忠诚和对真主的虔诚而修建的。苏来曼王是吐鲁番王世袭第二代，又称苏公，所以人们称这座塔为苏公塔。

当年这塔快落成的时候，轰动了天山南北，凡是从这儿路过的人，无不赞美这座高塔的壮观美丽。原来参加修塔的还是一位有名的匠人，他把一生的技艺全部花费在这座高塔上了。他不但在塔的外部雕出精致的图案，而且在塔的内部修砌了盘道，可以直登塔顶，瞭望四方。他所以花费这么大的精力修塔，与苏来曼王的意图毫不相干，而是想把自己的技艺留给后代。

谁知当人们纷纷赞美这座高塔的时候，苏来曼郡王却起了歹心，想把匠人害死，好使世界上不再出现与此相当的第二座高塔，这样他的这座高塔便可以称为世界第一了。

高塔终子落成了，可是匠人们忽然失踪了。苏来曼的诡计落了空。

苏来曼甚是奇怪，因为这事除了王府极少的人，谁也不知道。

苏来曼正要在王府追查是谁走漏了消息，王府的一位说客劝说道："王啊！俗话说：'朝天上吐口水，会落在自己脸上。'弄不好反而会玷污王的名声，依我看，还是不要追查了。"苏来曼做贼心虚，也就不再追查了。

不久，在喀什噶尔又出现了第二座高塔，这就是那位匠人为了回答苏来曼而修建的。原来那个泄密的人不是别人，就是劝导苏来曼的说客，赫赫有名的毛拉则丁[①]。

①毛拉则丁：(1850—1880)，鄯善县人，阿凡提式的机智人物。

（翻译者：刘发俊）

公主堡

公主堡倚塔什库尔干塔吉克自治县以南70千米处的高山而建，城堡正面用石头砌成，西面则用黄土夯成，易守难攻。公主堡历史久远，现今依然可以看到房屋、城墙的遗迹。公主堡的传说既是一篇古迹遗址的解释性传说，也是一篇塔吉克民族起源的传说。

很久以前，在当时的葱岭（今日的帕米尔高原）西部有个波斯国。一天，波斯国的国王在睡梦中突然听到一种从来没有听过的悠扬美妙的乐声，眼前是一片千姿百态的奇花异草。一会儿，花丛中出现了一位美丽动人的妙龄少女，她那娇艳的容貌赛过鲜花，匀称纤细的身材娉婷婀娜。国王一见钟情，他急忙询问美丽的少女来自何方，并向她倾诉爱慕之情。只见少女莞尔而笑，轻轻说道："我来自太阳升起的地方，君王若要寻找，就到太阳的国度里来吧。"国王还想再问，那少女已飘然而去。国王一急，就从梦中醒来。从此，梦中情景使国王难以忘怀，梦中遇到的那位少女，更令他苦苦思念，食无味，夜难眠。国王找来王宫里的画师，向他讲述了梦中所见少女的形象，令他将其画出。另外，按照梦中少女所讲的话，派了两名亲信大臣到太阳升起的地方，去寻找那位美貌的女子。

两位大臣怀揣少女的画像，朝着东边太阳升起的地方寻去。一路上，他们爬山涉水，到了不少小国，经过无数村落，最后来到了中原大地。两位大臣来到中原的京城，进宫参拜皇帝。在王宫里，他们发现宫中女子个个雍容华贵，貌似天仙，都像是国王日思夜想的梦中美女。于是两位大臣在拜见皇帝时，呈上了国王亲笔写的求婚书信，献上了万里迢迢带来的金银财宝作为聘礼。皇帝听了波斯国两位大臣的讲述，被波斯国王的诚意所打动，便答应按照国王的要求，选一名美貌的公主嫁给他。

皇帝在他三个美丽的公主中，挑选了最小的一位，为她准备了丰厚的嫁妆，并派了很多宫女和卫士伴随，用很隆重的礼仪把她们送出京城。在两位大臣的带领下，向西前往波斯国。

美丽的公主由波斯国的两位大臣和众多的宫女、卫士护卫着，日行夜宿，马不停蹄地朝西域走去。经过了许多天的跋涉，他们来到了帕米尔高原上的塔什库尔干。当时，正遇上帕米尔高原上的各小国间发生战乱，东西道路被阻绝了。当时天气渐冷，帐篷已不能御寒了，两位大臣为了保护公主不遭侵害，便和同行的卫士们一道，寻找了一座险峻陡峭的高山，在上面修筑了城堡，建造起宫室，把公主和宫女们安置在城堡里的宫室之中。大臣和卫士们则在山下的通道旁安营扎寨，日夜巡逻，小心翼翼地守卫着住在山上城堡中的公主。

就这样过了数月，帕米尔各小国之间战事渐渐平息，西行的道路上也开始有商队往来。两位大臣便一同来到山上的城堡里，与公主商定继续西行的起程日期。不料商谈之间，两位大臣发现公主已有身孕，他们当时惊讶得说不出话来。他们知道。如果这样去见国王，定会有杀身之祸。他们又惊又怕，急忙辞别公主走出城堡，把随行的卫士们召集起来，挨个严刑拷问，却查不出谁曾到公主身边走过。这样终日盘查拷问，搞的卫士门人心惶惶。最后，两位大臣无计可施，又将宫女叫来挨个审问。当问到公主的贴身宫女时，她说："你们再不要瞎猜疑了。你们想想，城堡建在高山之上，城内宫里又没有一个男人，山下关卡严紧，卫士重重，日夜巡视，一般凡人怎能进到宫中和公主相会呢？我们所见情景，恐怕说了你们也不会相信。每天日上中天时，便有一位美貌英俊的男子，从太阳里下来和公主相会。幽会时，宫内金光灿灿，我们是无法走近的。"

两位大臣听了宫女的话，似信非信又不得不信，便商量道；"看来定是那太阳神与公主相会了。但是，回到国内这样对国王说，国王肯定是不会相信的。既然无法免除杀身之祸，我们倒不如就住在这里，看看今后的情形再说。"这样决定之后，他们便到城堡中去找公主商量。公主已有身孕，也羞于去见波斯国王，就应允了。这样，他们便在塔什库尔干定居下来。没多久，公主生下一个英俊美貌的男孩儿。这男孩像一轮初升的太阳，周身发出灿烂的光辉。他一出生就能开口说话，聪慧异常。他长得非常快，一个月变一个模样。他力大无比，智勇超人，十岁便能领兵杀敌，保卫家乡。于是，众人便拥戴这个男孩当了国王，建立了一个叫做朅盘陀（《大唐西域记》中有关于朅盘陀国的记载）的小国。贤明的公主协助国王操持国事，加上两位老臣辅助，把小小的朅盘陀国治理得渐渐兴盛起来，黎民百姓安居乐业，文臣武士忠于职守，使四邻之国非常敬慕。后来，公主渐渐年老体衰。一日，终于卧床不起。临死前，她把国王叫到跟前，嘱咐道："我来自东方，死后灵魂也要回到东万。你要将我安葬在城堡东南一百里处的高山之上，让我的头向着太阳升起的地方。"公主死后，国王依照她的遗嘱，在城堡东南一百里处的高山上依山崖凿了一个石洞，将她头向东安葬在里面。据说公主死后，经过很多年，尸身仍完好如初。国王按照四季变化，经常为公主换衣整容，在她的四周摆上鲜花，让人祭祀。

这个传说在塔吉克人中一代一代地流传着，塔吉克人都为自己是太阳的后代而感到自豪。就是今天，到塔什库尔干去的人还能看到公主堡的遗址。

（讲述者：马达里汗）

（整理者：西仁·库尔班、段石羽）

红山太白洞

现在四十多岁的乌鲁木齐人都在知道，原来在红山嘴子峻峭的半山腰上，有一个拱顶小门洞。门洞上方的白墙上雕有三个大字“太白洞”，洞里还供有一尊“太白星君”的牌位。提起这个太白洞，这里边还有一段故事呢。

明末清初，现在的人民广场中间有一条南北走向的街叫“衣铺街”，有个姓沙、外号叫沙节子的北京人，在衣铺街中段开了一座“烧房”和一间铺面，专门卖酒。开始几年买卖不景气，生意眼看就做不下去了。这年夏天，沙老板和伙计们晚上结账时，发现卖酒的铜钱里有唐朝的“开元通宝”。沙老板让伙计们留心铜钱是哪里来的，结果发现有一位穿着白袍子的白胡子老汉，常常在黄昏时来到酒铺喝酒，给的钱就是“开元通宝”。沙老板对伙计们说：“这一定是个圣人”。

有一天，太阳落山了，白胡子老汉又来酒铺喝酒。沙老板把白胡子老汉请到后堂里，让伙计们做了好菜，亲自陪老汉喝酒聊天，结果白胡子老汉喝醉了，沙老板便扶老汉上床躺下睡了。天黑了，沙老板想喊醒老汉，送他回家。谁知，一掀被子只见床上躺着一只银色的狐狸。沙节子吃惊地一叫，狐狸被惊醒，化作一股白烟从天窗上飘走了。沙老板跑出去跟着空中的白烟，向西北方向一直追到红山上，白烟不见了，沙老板回铺里给伙计们讲了这段离奇的故事。第二天，沙节子和伙计们去红山下查看，发现半山腰里有个山洞，爬上悬崖钻进洞里，洞里有一股酒香味。从此以后，白胡子老汉再也没有来喝过酒，但这一件奇闻却很快传遍了迪化城。人们纷纷来酒铺喝酒，还要看看那几十枚“开元通宝”，沙家的生意一下就红火了。第二年夏天，沙老板出钱雇工买料，在红山半山腰的洞口修建了“太白洞”，洞内挂一只酒葫芦，每逢初一、十五都去添酒烧香，求神保佑。“沙家烧房”的名声也越传越远，外地人也来烧房买酒，生意更红火了。

多少年以后，一位离开烧房的伙计透露，原来在修烧房挖地槽时，从地下挖出一坛子铜钱，由沙老板收藏，那些铜钱中就有一些“开元通宝”。“太白酒仙”显灵的事，全是沙老板串通一个朋友编排的，目的是为了让酒店出名。

（讲述者：昝玉林）

（采录者：王跃祖）

九家湾红庙

清朝年间，有几家在朝廷做官的，因得罪了皇上，被发配到新疆的伊犁去。路过迪化时，有一位布政使突然病倒，走不成了。其他几家先去了伊犁，害病的这家就住在九家湾看病养身。

这布政使有一个十七岁的儿子，眼见父亲被罢官发配，心中思谋报仇，每天早晚在山湾里练习拳脚刀剑。每天黄昏，他都看见山坡上坐着一位漂亮姑娘。他就挨家挨户去打听，得知这山坡下九家湾只住着九户人家，谁家都没有姑娘。这布政使的儿子想，这大概是个鬼吧。有天黄昏，这姑娘又出现在山坡上，布政使的儿子搭上箭，拉满弓，向姑娘射了一箭，只见那姑娘哎哟一声，翻身钻进山坡上一个山洞里去了，从此再没有见过那姑娘露面。不想这家儿子从此却得了腿疼病，到处求医都没有治好。布政使养好了病又得给儿子治病，但官假已满，只得留下妻儿一人先去伊犁销假。到伊犁后听到不久前当地发生的一件事：一个打鱼人在伊犁河土山坡上看到一只躲避着的狐狸，腿上中了一支箭，喘着气快死了。打鱼人见它可怜，把箭拔下来在伤口上洒了一些棉花灰，狐狸有了精神，谢过渔夫跳进了伊犁河。打鱼人拔下的那支箭上还刻着布政使的名字。原来，这布政使也是一个武官，家中使用的兵器上，都刻有自家的名字。事情玄乎了，这布政使又请准了假返回迪化家中，仔细盘问儿子，才知道原来儿子射伤过一个年轻姑娘，才得的腿疼病。人们认定了那个姑娘是个狐仙，全家人都土山坡上的洞口跪下烧纸、上供、祷告、认错赔礼，央求仙姑饶了他家儿子的罪过，许愿说儿子的病好后一定给仙姑修立神位。果然，儿子的腿疼病一天天见好了，布政使很高兴，忙着四处筹借银钱准备给仙姑娘娘修庙。这天皇上突然来了文书圣令，原来布政使等几家做官的被贬发配是个冤案，朝廷给平反了，这一下全家更高兴了，把朝廷发给的俸银全部用来修了庙。于是，在仙姑洞山坡的顶子上，修起了一座坐北向南，一连三个大殿的仙姑庙。

这就是后来九家湾山顶上有名的红庙子。

相传红庙子的仙姑很灵验，特别是缺儿少女的人家，去仙姑庙进香求子，无不生儿育女，因而多少年来，红庙子香火一直很盛，人们都非常敬重这位“送子仙姑”。

（讲述记录者：李凤燕）

曾是公主闺房的克孜尔尕哈烽燧

出库车县城，沿独库公路北上十几千米，顺着公路向东望去，戈壁滩上一座土塔与公路隔河相望。那便是新疆境内保存最为完整、最为壮观的汉代烽燧之一——克孜尔尕哈烽燧。当地人叫它“克孜尔尕哈烽火台”。

在维吾尔族民间传说中，这个汉代烽燧是国王女儿居住过的地方。因此，它被称作“克孜尔尕哈”。在维吾尔语中，“克孜”是姑娘的意思，“尕哈”是居所的意思。

这座巍峨的古代军事建筑，历经2000多年的风风雨雨，至今雄姿犹存。当年的金戈铁马、烽火狼烟都已随物换星移而慢慢飘走。那么，一座伫立在荒野中的烽燧，又怎能和一个姑娘联系到一起呢？如果没有下面的故事，那可真是有些不可思议了。

传说，古龟兹国王妃生了一个美丽的公主。公主的诞生成了国家大事，举国上下摆筵庆贺。国王大宴群臣，还特地邀请三教九流参加，可就是没有请巫师到场。这事惹得一个巫师发怒了。他暗中诅咒公主，说她18岁以前将大难临头。

时光飞逝，日月如梭。转眼儿，美丽的公主长到了16岁。一天，一位从古印度来的巫师要求参见国王。他悄悄将这个恶毒的诅咒告诉了国王和王妃。国王大吃一惊，唤来群臣商议，决定搭建一座土塔，将公主放到上面，以避免其遭到诅咒之难。国王派了100个人，用了3个月时间，取土打夯，用野生胡杨做架骨，终于建造了这座不受任何侵扰的土塔。土塔建成后，国王专门为公主举行了隆重的登塔仪式。鼓乐声中，胡舞飞旋，4架云梯直通塔顶，8个壮汉把公主托举到顶。从此，公主便开始了高台上的生活。身边的侍卫成群，生活得比在平地上还舒服。

在高台上生活了两年，公主18岁了，还是安然无恙。于是，国王就派人把公主从高台上接了下来，在土塔下专门设宴，以示庆贺。国王、王妃与公主一起畅谈痛饮，愉快地品尝着美味。公主从果盘里拿起一个苹果，刚咬了一口，里面就爬出一只毒蝎，在她的嘴巴上狠狠地蜇了一下。公主当即中毒身亡，巫师的诅咒到底还是应验了。

这座历尽沧桑，残存高度有16米、东西底长6米、南北宽4.5米的烽火台，有了这个传说后，更加充满了神秘色彩，到此观光的游客至今络绎不绝。

（谢中）

传说中的吐峪沟麻扎

近年来，位于鄯善县城西南、火焰山南麓的吐峪沟名声越来越大。是火焰山的恢弘，是葡萄的甘甜，是千佛洞的神秘，是民居的古朴……让天南地北的游客络绎不绝。更有虔诚者，是直奔吐峪沟麻扎而去的。有来自新疆各地的，也有来自青海、甘肃、宁夏等地前来朝拜的穆斯林。

吐峪沟麻扎全称是阿萨吾勒开裴（波斯语，意为圣人的洞穴）麻扎，俗称圣墓、圣人坟。据说已有1000多年的历史，在伊斯兰教圣地中的地位十分显赫，是世界七大伊斯兰教圣地之一，中国境内的第一大伊斯兰教圣地，也是新疆最古老、最著名的两个麻扎之一。它位于吐峪沟谷口西面的山坡上，与谷底的葡萄绿洲形成了鲜明的对比，那里没有绿恻掩映，只有经幡飘舞。

相传，公元7世纪初，穆罕默德创立伊斯兰教后，其弟子——古也门国传教士叶木乃哈等5人来东方寻求天意，传播伊斯兰教。他们历尽千辛万苦，走到吐鲁番时，遇到了一位携犬的牧羊人。在他们的劝说下，牧羊人成为当地第一个信奉伊斯兰教的人。随后，他们结伴东行，行至吐峪沟时见到一个山洞，就一同进入洞内修行。经过 300 余年的苦修，6 人 1 犬皆为圣，后人尊称为七圣贤，并为其建造了后来使吐峪沟闻名遐迩的麻扎。麻扎白色的底座上是一个蓝色的穹顶，象征着天圆地方，天蓝地洁。

还有另一个版本的传说——从前有 7 位朝圣者，为了寻找会回应他们的呼吁而忏悔的人，走遍了世界。失望的 7 位朝圣者进入了这个洞穴休息，等待人们愿意听他们的话，离开邪恶归向安拉。时隔千年，他们又打起精神走向世界，却发现状况不仅没有改变，反而更加邪恶。这时，一只小狗出现在洞口，要求追随他们。其中一人怒斥道："走开！你不就是一条狗吗？"小狗反驳说："难道狗不是安拉所养的生灵吗？"他们承认小狗说得对，就答应了小狗的请求。从此，小狗就在洞中陪着 7 名朝圣者长眠，等待着有一天安拉叫醒他们，走出洞穴去迎接正义降临人世的黎明。

传说中的圣人洞内，现在还有 6 座土坟和一个犬状的石头。洞内有一根木棍，传说是七圣贤的遗物，摸之可消灾避祸，获麻扎佑庇。

在洞穴周围的山坡上，分布着许多拱巴斯（坟墓），据说都是为求死后继续获得麻扎庇护的穆斯林之墓。

按照当地穆斯林的说法，吐峪沟麻扎就是中国的麦加，到麦加朝圣前一定要先到吐峪沟麻扎朝拜一次。对于虔诚的穆斯林来说，麻扎是有灵性的，它能帮助人们解脱苦难；而对于心怀叵测的异教徒来说，则会施以惩罚。听当地的维吾尔族老乡讲，100 年前，德国人勒柯克大量窃取吐峪沟千佛洞的精美壁画后，来到对岸想进入麻扎，可还没迈进门就心荒腿软、满头虚汗，恐慌万状之下，赶忙退出。

怀揣动人的传说离开吐峪沟麻扎，仿佛告别了一片朴素而自然的天地，心境安然又愉快，真好。到过这里的游客又有哪个不是这种感觉呢。

（谢中）

巴里坤有座仙姑庙

早在清代就享有“庙宇冠全疆”美誉的巴里坤县，县城南关的一片庙宇在阳光的照射下熠熠生辉，显得那么有灵性。由于年代久远，又显得苍老，很难想象，这里曾经是一派林阴蔽日、古树参天、吊桥流水、香烟缭绕的景象。

据介绍，仙姑庙又称甘州会馆，是甘肃张掖客商于嘉庆五年（公元1800年）捐资修建的，是道观。仙姑庙东邻地藏寺，南毗孙膑庙，北望无量庙，里面供奉着何仙姑。仙姑庙在全国有两处，另一处在甘肃张掖，叫香姑寺。仙姑庙山门富丽堂皇，门楼排房有三层彩头，大门两侧的八角楼设计新颖、做工精细，云头及各式雕花板雕刻细腻、耐人寻味。走进山门，迎面是一面雕龙刻凤，长10米、高5米、厚1米的砖雕影壁。正面图案是二龙戏珠，两条青龙对首，腾云驾雾，栩栩如生；背面图案是丹凤朝阳，日出东方，凤飞展翅。双面图案考究，有阴有阳。

影壁后是一个小型广场，是专门用来演戏和贸易交流的场地。每年阴历五月二十九是庙会，唱戏三天，热闹非凡。有时也会和相临的地藏寺同会。唱戏不过是一种形式，重要的是张掖地区的骆驼客们要在庙会上进行货物交易。这样的活动，就相当于时下各地举办的各类艺术节，既活跃了人们的文化生活，又促进了当地的经济发展。

广场南头有一座木雕的金瓜吊桥，也叫过亭，上面飞檐花板，错落有致。相传，金瓜吊桥是新婚夫妇必过之桥。新婚后的第一件事就是要过桥。上桥走过，早生贵子；钻一钻桥洞，日子顺顺利利，生孩子像流水一样顺畅，远离难产。

过亭东西两侧是日光楼和月光楼。两楼内不供奉神像。

日光楼底层壁画为一位男子和一轮红日，内供一面石鼓，取意为男子做事要像烈日一样，燃烧自己照亮别人，像鼓一样行事，要留下声名。

月光楼底层供奉一口大石钟，壁画为一位女子和月亮，其意为女子干家务应像石钟一样，一声不响，任劳任怨，像月亮一样，把自己装扮得美丽动人。

穿过日月楼的过亭，紧挨日光楼和月光楼的东西两侧厢房，是商客及观光人士居住之地。拾级而上便是仙姑娘娘大殿。正中供奉着一位风姿绰约的女子，有人说是八仙里的何仙姑，有人说是甘肃的何山姑。

据巴里坤 80 岁以上的老人回忆，何仙姑原先左手拿着一毛线团。

传说，何仙姑原本是甘肃张掖地区一位非常美丽而又厚道、善良的女子。她出众的容貌，在当地传为佳话。

又说，她是孝道的化身，孝顺公婆，尊敬父母，留名百世。她有一个双目失明的婆婆，外出时经常找不到回家的路。因为家务活多，她就拿一团毛线，让婆婆边走边散。这样既不耽误家务，又可使婆婆按原路回家。一次，她手中的毛线散完，但婆婆还没有回来。情急之中，孝顺的媳妇就将自己的肠子掏出来接在毛线上，直到将肠子用完后，才找回了婆婆。当地人为了纪念这位孝敬公婆的媳妇，昭示后人以她为榜样，就在张掖地区修建了一座香姑寺。

后来，由于张掖地区的客商经常路过巴里坤，就集体出资，在那里也修建了一座寺庙，取名仙姑庙。长期奔波在丝绸之路上的客商们，希望在异地他乡得到何仙姑的保佑，保佑他们一路顺风，生意兴隆。

（谢中）

巴里坤有个岳公台

巴里坤县城南侧、天山脚下，有一座巨大的丘陵。传说，这座丘陵是清代名将岳钟琪的点将台。

岳钟琪在清雍正年间征西，拜了宁远大将军，驻防巴里坤。据说，岳钟琪在巴里坤驻防3年，治军严谨，战斗力强，敌人终不敢犯。岳钟琪的军队所到之处，修路、建房、扩街、种田，得到当地百姓的广泛拥护。岳钟琪走后，当地人为了纪念这位将军，便将整座天设地造的丘陵称为岳公台。

史料记载，康熙年间，青海和硕特蒙古叛将罗卜藏丹津失败后，逃往卫拉特蒙古准噶尔部。准噶尔部酋目策妄阿喇布坦收留了罗卜藏丹津。康熙派使者索要叛将，遭到拒绝。雍正继位之后便计划讨伐准噶尔部。不久，策妄阿喇布坦死亡，他的儿子噶尔丹策零继位。雍王觉得时机成熟了，经过周密准备，派出两路大军征讨准噶尔部：一路为西路军，由陕甘总督岳钟琪为宁远大将军，屯巴里坤；二路为北路军，由侍卫内大臣傅尔丹为靖边大将军，屯科布多（今蒙古吉尔格朗图）。

后来，由于清军内部相互猜忌，岳钟琪引起雍正皇帝的怀疑。不久，岳钟琪被关进监狱，险些丧命。

乾隆登基后，深怜岳钟琪的冤情，复起用岳钟琪为四川总督。

数百年过去了，岳钟琪在巴里坤驻防时间虽然不长，但是，在巴里坤甚至整个哈密地区民间，他的名字与忠勇结合在了一起，成为人们津津乐道的一代名将。

目前，巴里坤岳公台已经成为该县一个著名旅游景点，每年吸引着不少游客在这里登高望远，感天地之造化，发思古之幽情。

（李桥江）

哈密瓜

哈密瓜一名的由来，有传说将它与进贡联系起来，更有许多传说对它进行了不同的解释，这篇维吾尔族民间传说就是其中之一。

很早很早以前，新疆的东部是一片千里的平原，土壤肥沃，水源充裕，草木茂盛，空气清爽。东西绵延着一条数百公里长的大山，满山遍坡长满森林，各族人民便生活在这块美丽的土地上。

一天，命运之神降临首领的家中，他的妻子怀了孕。首领知道了，心中分外高兴，他把民众们召集在一起，杀牛宰羊，以示庆祝，大家快快活活地玩了三天。从此，首领日也盼，夜也盼，等着婴儿的问世。说也奇怪，婴儿呱呱坠地后，便把胸脯紧紧贴在地上，伸展开两只胳膊拥抱大地，抬头转颈，眼睛四顾。父亲见状，又惊讶，又高兴，认为他是个灵儿，对儿子充满了希望。他举起双手向真主虔诚祈祷，祝愿儿子长命百岁、前程无量，并给儿子取名库其洪[①]。父亲给儿子起这个名字的意思，是希望儿子长大成人后，永远紧紧拥抱和保卫前辈们生息繁衍的这片神圣的土地。

大家听说首领的妻子生了个灵儿，都来祝贺，祝首领福星高照，祝幼儿前程似锦。首领也为儿子库其洪举办了盛大的“灵儿问世”喜庆活动。日子一天天过去，库其洪到了上学的年龄。父亲见儿子长得聪明伶俐、端庄英俊，便请来老师在家中对他进行专门的教育和训练。在名师的精心培育下，库其洪成为一个知书识礼、剽悍英勇的青年。不久，父亲与世长辞，在众人的拥戴下，库其洪继承了父亲的首领位置。

这个王国虽然畜牧业发达，但是民众却不会耕地种田，所需要的粮食都是用畜产品从很远的地方交换来的。库其洪为人民着想，觉得这样很不方便。于是，一次他带领人民吆着牛羊去遥远的内地换粮食时，在内地住了一段时间，向当地农民学会了犁地种田等一系列农活技术。返回后，他立即组织了一部分人将大山南部的一片平原开垦出来，春天的时候，第一次播上了粮食种子。锄草，浇水，辛勤管理，庄稼长得穗儿大、粒儿饱，夏季收获了很多粮食，自给有余。大家看见第一年种的粮食就获得了大丰收，非常高兴。第二年，又有许多人来平原上垦荒种田，有些人家还从山区搬到平原上居住。不到数年时间，由于搬来的人越来越多，平原上自然形成了一个拥有上千户人家的大村庄。

这时，首领库其洪把众人召集到一起，要大家商量，给这个村庄起个名字。有人说起这个名字好，有人说起那个名字好，大家都说出了自己的想法。最后，首领库其洪说：“这儿过去是一片荒芜之地，在大家的辛勤劳动下变成了良田，形成了村庄，如今人口大大地增加了。因此，咱们管这儿叫‘库木勒’[②]。你们看，怎么样?”大家一致表示赞同，从此，人们开始叫这个地方“库木勒”。

首领库其洪日夜为改善民众的生活着想，经常登门请教智者。一天，他在庄稼地里走着，在地边遇到一种从未看见过的禾苗。禾苗枝蔓繁多，匍匐在地上向四周伸开，藤上结着许多鸡蛋般大的绿黄色的东西。库其洪弯下腰摘了一个，用小刀切开放在嘴里尝了尝，味儿像苹果一样，怪好吃的。他把里面的籽儿掏出来，包在手帕里带回家。来年春天，库其洪把这些籽儿种在地里。禾苗出土后，他松土、锄草、施肥、浇水，经过一春一夏的精心管理，秋天结的果实像碗一样大。同野生的相比，果实结的少了，但个儿却大得多了。成熟后，肉脆汁多，格外香甜。库其洪把自己收获的果实分送给乡亲们吃后，大家赞不绝口。

从此，库其洪总在想如何使果实结的更大、更多、更甜。一天，他独自坐在屋里苦思冥想的时候，突然从门外走进来一位银须长髯的老人。库其洪站起来向老人问好，请老人坐在上首，并用自己亲手种的果实招待了他，老人见库其洪热情好客，非常满意。吃过果实后，老人从籽儿里挑选出七粒放在库其洪面前，举双手做过祷告后，对库其洪说：“这七粒种子能保你的王国繁荣昌盛，人民富裕安宁。一粒属于年迈的长者，一粒属于臻于成熟的中年人，一粒属于知识渊博的饱学之土，一粒属于精神焕发的青年，一粒属于操心政务的官员，一粒属于坚守贞操的女人，一粒属于天真烂漫的儿童。祝你们勤劳勇敢、公正廉洁、团结和睦、友好往来。”说罢用手摸了一把脸，走出屋子消失得无影无踪。

库其洪把七粒种子精心保存起来，打算来春选择一块土地种上这七粒种子。可是，不幸的是，库其洪突然生病卧床不起，虽经名医治疗，但不见效果。库其洪见自己的病没治了，便请来许多老人，把那位银须老人的祝愿告诉了他们。果然，还没等春天到来，库其洪便去世了。库木勒人民对他的去世悲痛欲绝。

首领库其洪去世很长一段时间里，人们不晓得这果实叫什么名字，纷纷议论着要给这果实起个名儿。大家聚集在一起商议了三天，也没有想出一个好名儿来。第四天，一位老人站起来说："乡亲们，从前咱们这儿没有这种果实，这果实是咱们的首领库其洪亲手培育出来的。常言说：吃果不忘种果人。咱们就给这果实取名'库其洪'，使他的名字世代流传，作为永久的纪念。"

从此，人们便称这种果实为"库其洪"。天长日久，人们为了顺口索性叫它"库洪"[③]。

库其洪去世以后，老人们遵照他的遗言，把银须老人选的七粒籽儿种在地上。结果，七窝蔓儿上结出了七种不同形状和皮色的库洪，有的早熟，有的中熟，有的晚熟。

一种是早熟的黄蛋子瓜，把它送给儿童们吃；一种是皮儿油亮平滑的瓜，把它送给有学问的智者们吃；一种是皮色青翠的酥香瓜，把它送给青年吃；一种是外皮青绿的硬皮瓜，把它送给中年人吃；一种是瓜瓤粉红、肉脆多汁的瓜，把它送给女人吃；一种是表面布满网纹、质细多汁的软肉瓜，把它送给老年人吃；一种是蛇皮瓜，把它送给官员们吃。这些库洪有的像碗大，有的像枕头大，最大的一个人还抱不起，真是一个赛过一个，芳香扑鼻，味甘如蜜。对路过库木勒的客人，当地群众都用库洪热情招待他们。从此，用库洪招待客人便成了库木勒人的一种习惯，库洪也成了名扬中外的珍品。

（翻译者：赵世杰）

细说哈密瓜

哈密瓜古称甜瓜、甘瓜，维吾尔语称库洪，我国只有新疆和甘肃敦煌一带出产哈密瓜。公元 1228 年成书的《长春真人西游记》第一次提到在新疆有这种瓜，称赞“甘瓜如枕许，其味盖中国未有也”。17 世纪开始，哈密瓜被列为新疆贡品。清《回疆志》载：“自康熙初，哈密投诚，此瓜始入贡，谓之哈密瓜。”

新疆除少数高寒地带外，大部分地区都产哈密瓜，最优质的哈密产于南疆的伽师、东疆哈密和吐鲁番盆地，石河子一带的哈密瓜也很不错。

新疆哈密瓜有 180 多个品种及类型，瓜的大小、形状、皮色、肉色千差万别。大的像炮弹，重十几千克；小的像椰子，重不足一千克。瓜的形状多为椭圆，也有卵圆、扁圆的。皮色有黄、绿、褐、白等，皮上有各种斑纹、斑点。肉色为乳白、柑黄、橘红或碧绿，肉质有脆、有软等等。另外，又有早熟夏瓜和晚熟冬瓜之分。冬瓜耐贮存，新疆本地人家储藏的冬瓜可以放到来年春天，味道仍然新鲜。经专家们多年品评，哈密瓜的上品有红心脆、黑眉毛蜜极甘、网纹香等品种。

红心脆哈密瓜，果实椭圆形，果重三四千克，皮色灰绿，有青色斑点，果柄处布有粗网纹：肉浅橙色，肉质细嫩，汁如蜜糖。黑眉毛蜜极甘，因其瓜皮布有状如秀眉的深色条纹而得名。瓜肉色绿，质软汁多，芳香浓郁。网纹香哈密瓜是一种高糖品种，瓜皮满布细密的网纹，肉绿白色，质脆香甜，含糖量可达22%。

在新疆，每年7月～10月是哈密瓜大量上市的季节，用高糖分的哈密瓜制成的瓜脯，常年都有供应。新疆哈密瓜现已大量远销京、津、沪、杭、穗、港等城市，并出口世界各地，备受食家赞赏。

①库其洪：维吾尔语，意为“拥抱”、“保卫”

②库木勒：维吾尔语，意为“人口多的地方”哈密，元朝称“哈密力”，明朝叫“哈梅里”，清朝谓之“哈密”，三朝三种不同的叫法，都是“库木勒”这个名称的意译。

③库洪：维吾尔语，甜瓜、哈密瓜。

（王春莲）

蟠桃

蟠桃是桃的一种，果实形状扁圆，皮呈深黄色，果肉为黄色。它不但好看，而且味美可口，是新疆比较珍贵的水果品种，

王母娘娘在瑶池设蟠桃宴，有名望的神仙都受到了邀请。二郎真君是王母娘娘的外孙，曾擒住过大闹天宫的孙悟空，因此，深得王母娘娘的喜爱。仙女们要讨王母娘娘的欢心，就殷勤地向二郎真君劝酒，二郎真君便喝多了酒。

王母娘娘让仙女们端上蟠桃。蟠桃树三千年开一次花，又三千年结一次果，一万年蟠桃才能成熟，吃了它，能和日月同寿，和天地共存。因此，每个神仙只能分到一个蟠桃。二郎真君拿着自己的蟠桃，醉醺醺地对何仙姑说："我这蟠桃愿送给仙姑。"这么珍贵的东西怎么能随便送人呢？何仙姑感到意外，问："真君，你有什么事儿求我吗？"二郎真君说："正是。"何仙姑说："请讲。"二郎真君便瞪大三只眼，看着何仙姑，笑着说："我只请仙姑坐在我身旁陪我喝几天酒。"何仙姑见他言出轻薄，不禁柳眉倒竖，杏眼圆睁，怒冲冲地向他"呸"了一口。

谁知这一下何仙姑把口中的桃核吐了出去，那桃核挟着一股

风向二郎真君脸上飞去。二郎真君把头一低，桃核从他头顶飞过，一直飞出南天门，向凡间飞去。当时众神仙都急着劝解这场纠纷，谁也顾不上管那颗蟠桃核的事。何仙姑在众神的劝解下消了气才想起了吐出去的那颗蟠桃核。按照天条，丢了蟠桃核要受到处罚。何仙姑只得把这件事禀奏给王母娘娘。王母娘娘觉得这件事是自己的外孙引起的，不好处罚何仙姑，便说："那桃核落到凡间也好，凡间从此就会有蟠桃树了，凡人也可以尝尝蟠桃的味道了。"

据说，何仙姑吐出的那颗蟠桃核落到了西域。西域就是现在的新疆，从那时候起，新疆就有了蟠桃。新疆的蟠桃虽然不能使人长生不老，却甘甜味美、清爽可口，能消暑解渴。

（讲述者：许淑兰）

（采录者：戚宗云）

库尔勒香梨

库尔勒绿洲是全国著名的库尔勒香梨产地。春天，这里梨花盛开，洁白如雪，芳香四溢。夏天，梨树成阴，碧浪起伏，令人赏心悦目。到了深秋，果园里，拳头大的香梨挂满枝头；集市上，大摊小摊摆满了香梨。库尔勒香梨维吾尔语叫“奶西甫提”。它皮薄肉细，甜香酥脆，汁丰爽口，耐贮藏。

相传在古代，库尔勒并不出香梨，只有巴依、商人从外地贩来的水梨，卖得很贵，穷人根本吃不起。有一个名叫艾丽曼的姑娘，为了能让乡亲们吃上梨，决心到远方寻找梨树苗。她翻越九十九座山头，到过九十九个地方，骑死九十九头毛驴，引来了九十九种梨树。可是在当地栽植后，九十八个品种都相继死了，只有一个和本地野梨嫁接的品种获得成功，而且仅仅活了一棵。秋天，梨子成熟的时候，香气浓烈，随风飘溢，乡亲们纷纷前来观赏祝贺，并为它取名“香梨”。艾丽曼把乡亲们请进屋里，一边请大家品尝香梨，一边向大家传授栽培方法。这件事被巴依知道了，他非常眼红，就派人给艾丽曼送信说：只要把香梨树卖给他，他就给姑娘一笔金银财宝。艾丽曼不为金钱所动，对巴依派来的人说："羊和狼做不成交易！"巴依贼心不死，又派人送去绫罗绸缎，说："只要艾丽曼不向老乡们传授栽培技术，就允许她种植香梨，发家致富……"

艾丽曼听了，回答说："我宁为贫家女，不做阔家妇，这绫罗绸缎收买不了我的心！"一时，巴依凶相毕露，带领一帮打手亲自闯上门来，把香梨树砍倒了，艾丽曼也倒在血泊里。可是，树断有根，第二年，就在巴依砍去的香梨树根上又生长出青枝绿叶。乡亲们担心巴依知道了再来破坏，就偷偷地把树转移走。就这样，库尔勒香梨慢慢栽遍千家万户，繁衍茂盛，直至今天。

（整理者：周润山）

核桃

核桃，古称胡桃、羌桃，在新疆有着悠久的栽培历史，而且种植区域广泛，是我国最早的种植地区。新疆核桃具有壳薄、果大、含油率高等特点，是经济价值较高的干果、油料、木材、药物四用树种。

传说，核桃最早生长在昆仑山上，是西王母的圣果。古于阗国有一个年轻人名叫阿曼吐尔，他的母亲是于阗国德高望重的织地毯能手，据说能织上百种图案。国王嘱她把技艺传于后人，以使和田地毯世代流传。肩负如此重任，阿曼吐尔的母亲终因劳累过度而病倒，只有昆仑山西王母的圣果才能使她起死回生。那圣果谁都知道凡人去了非但摘不到，连性命也难保。这时，国王下旨全国，谁若去昆仑山取得圣果，就封他为于阗国的未来国王。阿曼吐尔去了。聪明的阿曼吐尔不是因为那诱人的王位，而是要救自己的母亲，使织毯技艺不绝传承。他先到玉龙喀什河的上游磨砺出一把玉剑，然后才上山。他与看守圣果树的两条奇兽恶战了三天三夜，终于杀死了奇兽，自己身上也多处负伤。但他全然不顾，直奔圣果树。

这时，西王母来了，阿曼吐尔绝望了，他长叹了一口气说："于阗国的织毯技艺正待流传，而我母亲命在旦夕。您可以把我处死，但求您准许我取回圣果。"西王母被他的精神所感动，就将圣果交给了阿曼吐尔。这圣果就是现在的核桃，人们把它视为和睦互爱的象征。

（摘自《传说中的新疆》）

桑葚　石榴　无花果

新疆被誉为“瓜果之乡”，水果品种繁多，有些在内地也有栽培，但由于新疆独特的土壤、水利、气候条件，使它们具有比内地更优的品质，像石榴、桑葚、无花果都属此类。

古时候，在一个土地宽阔、美丽富饶的村落里，居住着近千户人家。这个村落里有个老铁匠，他的一生是在打铁炉前度过的，他为了让儿子长大后能立志继承父业，给孩子起名赛曼得尔。赛曼得尔跟着父亲专心致志地学习手艺，干完活就和邻居家的姑娘古兰拜尔一起玩耍。赛曼得尔十八岁时父母相继去世，从此他成了无依无靠的孤儿。他按照父亲传授的技艺，翻山越岭寻找矿石。他把采到的矿石放在熔炉里熔炼成铁，然后又用它打制成各种样式的捕猎器具。赛曼得尔高大魁梧，身强力壮，是村落里惟一敢跟野熊、老虎搏斗的勇士。一天，他看到离村落不远的一个地方有一堆深褐色的土在徐徐往上涨，凭着自己的聪明智慧，判断出这儿一定蕴藏有矿石。于是他为了挖掘出矿石，开始日夜苦战。古兰拜尔每隔一天来探望他一次，还给他送来吃的和喝的。就这样，随着时光的流逝，他们之间的情谊越来越深，赛曼得尔挥动着坎土曼[①]，一刻不停地挖了四十个日日夜夜。挖到四十一天时，还是不见矿石的影子。赛曼得尔有些灰心丧气了，打算半途而废。这时古兰拜尔又提着茶饭来看望他。两人亲亲热热地交谈起来，彼此倾吐着心中的秘密，谈着聊着，聊着谈着，到天蒙蒙亮时，赛曼得尔枕着古兰拜尔的膝盖进入了甜蜜的梦乡。

赛曼得尔梦见自己走进了一座幽静美丽的大果园。园里各种熟透了的果子挂满枝头，并流出晶莹的蜜浆，绿宝石一般蓝幽幽的池塘里，大雁、野鸭、天鹅在水面上追逐嬉戏，金鱼在水里畅快地游来游去。看到这般绮丽的景色，赛曼得尔情不自禁地喃喃自语道："啊，为了乡亲们的幸福，我用双手修造一座这样的果园该是多么好呀!"他兴冲冲地来到池边，双手捧起清澈的池水大口大口地喝了起来。突然，他眼前金光灿烂，紧接着就听到一个亲切的声音。抬头一看，只见一位胸前飘着银须、满面红光的老人站在自己的面前。赛曼得尔双手抚胸，恭恭敬敬地向老人家鞠了一躬，说道："老爷爷，你好!"

老爷爷用慈祥的目光端详着赛曼得尔，说道："好孩子！不要泄气，只要你束紧腰带干下去，就会尝到理想乐园的美酒。这是你的前辈送你的一本至理名言的宝书。要记住，每当春天第一颗启明星移动的时候，你把宝书贴在胸口，然后背诵下面一首诗，你的愿望就会实现：神奇的宝书啊，吉祥的宝书啊！请你给我们香甜的果实!"说完，老爷爷消失得无影无踪。

赛曼得尔惊醒后，把梦中所见告诉了古兰拜尔。随即，他举起坎土曼在挖过的地方又刨了三下，露出一个三拃长、两拃宽、一拃厚的金匣子。打开金匣子一看，里面放着一本耀眼夺自的金书——《至理哲言》。赛曼得尔小心翼翼地把宝书拿出来按在胸前，大声背诵道："神奇的宝书啊，吉祥的宝书啊！请你给我们香甜的果实！"

这时，只见刚才挖的地方出现了一个五彩缤纷、璀璨夺目的光环，这个光环慢慢升起来变成一棵又粗又大的杉树。杉树的树干和枝杈都是金子，每一片叶儿是一枚金币。在微风的吹拂下，金币发出琅琅铮铮的响声，把人们从甜美的睡梦中唤醒。人们纷纷跑出门来观看，只见从杉树上发出的光把天空照得明晃晃、金灿灿。他们团团围住赛曼得尔，七嘴八舌问个没完。

这是一棵非常神奇的宝树，它上面的金币一落完，又会生出新的金币来。赛曼得尔把这些金币都分给了乡亲。一群群孩子高兴地穿上了缝有金币扣子的漂亮衣服，姑娘和少妇们也都有了金耳环、金项链、金戒指和金镯子。秋天，这棵杉树就不再长金币了。神通广大的赛曼得尔和那宝书名扬世界。

不料，这事传到了外乡人卡来甫的耳朵里。这个家伙贪得无厌，老奸巨猾，是个到处招摇撞骗的大恶棍。他挖空心思想尽了一切阴谋诡计想把宝书弄到手。一天卡来甫设好圈套，带着魔袋，急匆匆地行走了七天七夜，来到赛曼得尔的村落，站在赛曼得尔的屋前悲叹哀号起来。赛曼得尔见一位老人站在自个儿门口，觉得他怪可怜的，便十分客气地把他领进屋里，热情地招待了他。当卡来甫看到赛曼得尔家里并没有金子时，他感到十分惊奇，于是就装出一副和蔼可亲的样子，刨根问底地询问起其中的奥秘来。憨厚老实的赛曼得尔一字不漏地说起了宝书的来历，还讲到了今天凌晨当春天的启明星移动时，宝书就要显示它智慧的神灵。卡来甫听后，若有所思地笑了笑，抚摸着赛曼得尔的头顶，说道："哎，我的孩子呀，我是从理想乐园中来看你的，今晨由我来赏给你礼物。"

赛曼得尔相信了他的话，连忙上前向卡来甫道谢、鞠躬。

清晨，当启明星移动时，他们朝杉树走去。装宝书的金匣子这时就放在杉树旁，赛曼得尔从金匣子里取出宝书，抬头望着天空，等待着启明星移动。这时，卡来甫给他递过来一碗掺了毒药的酒，赛曼得尔喝下药酒，顿时昏死过去，卡来甫把赛曼得尔埋到杉树下后，手里拿着宝书念道："神奇的宝书啊，吉祥的宝书啊！请你给我香甜的果实！"

这时只见杉树中冒出一股黑烟，接着又变成一棵红光闪闪的大树，它的果实形状好像两个拳头，果实外边仿佛涂过油漆似的，里面像是用钉子钉过似的有许多洞眼。鲜红的果汁像血一样殷红欲滴，原来它是赛曼得尔的鲜血染红的。不一会儿，古兰拜尔和大家一起赶来，异口同声地问卡来甫："赛曼得尔到哪儿去了?"

卡来甫一本正经地说道："赛曼得尔这孩子把宝书交给了我，自己去理想乐园了，明年的这个时候他才回来。"

人们听了这话，又看到这种从来也没有见过的水果，一个个都惊呆了。从此，人们就把这种奇特的水果定名为石榴。

古兰拜尔非常想念自己的情人，她禁不住放声痛哭起来，哭得非常伤心，连路都走不动了。这时候，夜幕降临，朋友们搀扶她回到家中。一进屋门，她就歪身躺在床上，呜呜咽咽地痛哭起来。古兰拜尔像是得了一场大病，饭也吃不下去，觉也睡不安稳，脸色非常难看。她从早到晚手捧母亲留给她的精制沙塔尔琴，一支接着一支地弹奏着美妙动听的乐曲，以此来抒发自己忧郁悲伤的情感。一天，朋友们给她送来一个浅黄色的石榴，并告诉她这是用一枚金币从卡来甫那里换来的。古兰拜尔拿上石榴闻了闻，就好像见到了赛曼得尔一样，顿时又泪水滚滚地哭起来。

再说老奸巨猾的卡来甫。这棵石榴树也和那棵杉树一样是棵非常神奇的树，老的石榴掉了，新的石榴又会长出来。于是卡来甫就向大家宣布：一个石榴可以换一枚金币。人们日夜怀念赛曼得尔，把自己家中所有的金币都拿出来换成了石榴。人们手捧着石榴，眼前就浮现出赛曼得尔那熟悉的面容。大家都舍不得去吃它，只是把它整整齐齐地摆在壁橱里，并把干掉的石榴籽保存起来。秋天到来了，石榴树也停止结果子了。卡来甫获得了无数枚金币，他把其中的一部分赏给那些竭力为他效劳的人。从此，就凭拥有金币的多少把人划分成了穷人和富人，并由此而产生了许多矛盾和成见，还出现了各种各样搞阴谋诡计、弄虚作假的人。因此人们对卡来甫恨之入骨。善于察言观色的卡来甫感到大事不妙，就把宝书卖给了一个巴依，买了几十匹骆驼，驮着金币上路了。走着走着，他来到一个荒滩，突然狂风四起，黄沙弥漫，飞沙走石，他终于葬身黄沙之下。他的尸体腐烂发臭，变成了老鼠和蝎子。

再说巴依拿到那本宝书后，好不容易盼到了第二年的春天。当春天的启明星移动的那天拂晓时辰，他来到石榴树前，把宝书贴在胸口上，煞有介事地背诵道："神奇的宝书啊，吉祥的宝书啊！我诚心向你呼唤，请你给我香甜的果实！"

这时，突然地动山摇，石榴树一下子长出了许多叶子，叶子下面和树枝上爬满了密密麻麻、弯弯曲曲的虫子，虫子蠕动着软乎乎的身子向巴依袭来。巴依吓得魂飞魄散，连宝书也没顾上拿就逃走了。

与此同时，古兰拜尔正在家里睡觉，她做了个梦，梦见那棵杉树对她说："亲爱的古兰拜尔，你快来吧，宝书就在这……"

古兰拜尔还没听清后面的话，就从梦中惊醒了。她飞快地来到杉树前，一看，那儿真有一棵大树，树枝上还有许多好看的虫子在缓缓蠕动，那金光闪闪的宝书就在树旁，古兰拜尔手捧宝书，高兴得不知如何是好！这时，突然旋风大作，天昏地暗。她急急忙忙地在树底下挖了一个坑，把宝书埋在里边。旋风把树上的叶子和虫子刮在了地上，她小心翼翼地把地上的虫子捡起来，兜在衣襟里带回家。旋风连着刮了好几天，等那棵树上的虫子统统被刮掉后，树上又结出了另一种奇特的果实，它的颜色有红的，也有白的，形状像指头似的。风把这些水果吹干，从树枝上掉下来，滚得到处都是，后来长成了一棵棵枝叶茂密的大树。

古兰拜尔回家后，怀着对恋人的爱慕之情，精心饲养着这些虫子。虫子长大了，吐下无数银丝，又飞走了。古兰拜尔用这些象征纯真爱情的丝线织成了各种各样漂亮的丝绸。这就是丝绸的来历。至于那个形状像指头似的果实，后来人们管它叫桑葚；那棵爬满虫子的大树，人们就管它叫桑树，它果实累累，吃也吃不完。

第三年的春天来到了。一天，睡着了的古兰拜尔又做了一个梦。她在梦里好像觉得赛曼得尔在轻轻地呼唤她。惊醒后，她飞快地来到桑树前。这时正好是启明星移动的时候。古兰拜尔对着蓝得出奇的天空背诵道："神奇的宝书啊，吉祥的宝书啊！请把我带到赛曼得尔身边！"

这时，只见无数道像彩虹般耀眼夺目的光芒在天空中闪烁着，把古兰拜尔徐徐托起来带向天空。据说就在这天，古兰拜尔来到了理想乐园，和自己日夜思念的情人赛曼得尔相会，终于实现了他们的愿望。从此以后，每年下第一场雨时，全村落里的人就会想起古兰拜尔那明亮乌黑的一对眼睛，都要痛痛快快地喝几口雨水，并兴致勃勃地观赏美丽的彩虹。

就在古兰拜尔飘向天空时，桑树突然变做一棵形状像杉树的树，枝头上挂满了像金币一样的果实。使人奇怪的是，这棵树虽然果实累累，却从来不开花，于是人们给它起了个名字叫无花果。

古兰拜尔走了以后，她的朋友们都说她把宝书藏在一个坑里了。乡亲们为了找到这本宝书，把村内所有的土地都翻了一遍，可是谁也没有找到宝书。人们便在翻过的土地上撒了石榴、桑葚、无花果的种子，这些种子到春天时都发芽了。没过几年，赛曼得尔的家乡果真就像理想的乐园一样，成了水果丰盛、景色秀丽的大果园。人们给自己的家乡起了个名字叫“幸福乐园”。以后每当春天来临，人们就想起那本宝书，于是大家都辛勤地翻地耕耘，希望最终能找到宝书。打这以后，人们为了寻找这本宝书，每年一到春天，就开始耕地、播种，栽培庄稼，种植果树。

①坎上曼：刨土的农具，形似镢头，但比撅头宽大。

（整理者：阿不力克木）

（翻译者：赵世杰）

巴旦木

新疆名果中巴旦木最富特色，它的果肉干涩不能吃，可它的果核却香甜适口，别有风味，具有很高的医药价值。维吾尔人视其为珍果，并将它的图案刺绣在花帽上。

有一年，乌尔都斯草原流行瘟疫，顿时整个亚洲北部的所有地方都被这种病侵扰着。人成群成批地死亡。无论繁华的街道、乡村、还是草场都无一幸免，再加上柯尔克孜人之间日益升级的激烈的战争——宫廷之争，死的人更是不计其数。因此，这里开始变成废墟。

一天伊力台力西可汗给大臣吐尤库克下令，如果谁能找到治瘟疫的药，就送给谁像他本人一样高的黄金，并且让他入宫做辅助丞相。

依照可汗的命令，丞相吐尤库克立即将告示准备好，让手下骑上马在全国范围内寻找治疗瘟疫的药和良医。

过了十三天，吐尤库克丞相得到报告，说有一位盲人医生能治疗瘟疫。医生建议：对这种病只要三至七天，每人每天吃七个巴旦木仁，然后再喝一碗牛奶一定能治好。

吐尤库克丞相立即指示全国人民只要得瘟疫必须吃巴旦木杏仁。过了一个星期，全国各地传来喜讯：巴旦木杏仁确实能医治瘟疫，有些地方找不到巴旦木杏仁，即使吃它的叶子也能起作用。这个消息很快传遍了各地，大家都知道了巴旦木的好处。

伊力台力西可汗从丞相处得知了此事，同时也得知整个国家巴旦木的价格远远高出了黄金价格的几倍。于是可汗下令每个百姓家种十棵巴旦木树。两年后，全国人民终于摆脱了瘟疫的折磨，在阿勒泰阿龙宫殿周围的草原建了一个很大的巴旦木林场。

当人们知道巴旦木有如此神奇的力量保护了人民的生命后，人们更加像珍宝一样珍惜、爱护它，还将熟透的巴旦木包在布里做墙围子，将其绣在帽子上戴在头上，在建筑工艺上也大量用巴旦木的形状，甚至在斧头、坎土曼上打铁的铁匠也在打制出的工具上刻上巴旦木的图案。

（讲述者：买买提·依明）

（整理者：穆斯塔法·买买提）

哈密大枣的传说

哈密大枣有名，清代资料就有“枣大疑仙种”的记载，现在更是闻名全国的“名、优、特”拳头产品。它与山东乐陵的金丝小枣、河北沧县的无核枣、浙江义乌的响铃枣，并称“四大名枣”。哈密大枣，以五堡乡的产量最高、质量最佳。

传说，当年周穆王巡游西域，路过哈密五堡，在围观的人群中，见有一位身材高挑，深眼窝、高鼻梁、棕黄头发的姑娘格外抢眼。周穆王看着姑娘，又看看周围的人群，发现这里的人长得与中原人大不相同，忍不住问姑娘：“你们是这里的土著吗？”姑娘微笑着说：“我们已在这里生活很多年了。”周穆王点点头，又问：“我一路走来，总感到你们跟葱岭、楼兰一带的人很像，是不是一个祖先？”姑娘吃惊地说：“陛下说得一点不错，那里的人的确是我们的祖先，我们这一支来到哈密盆地，就在这里定居下来。”姑娘说着，把手中的一个石盘往周穆王跟前一举，说：“请陛下尝尝我们的枣吧。”周穆王低头一看，惊叹道：“呵，这么大的枣，走遍华夏，尚未见过。”随即小心地拿起一个，放进嘴里慢慢嚼了起来。姑娘与众人一看，穆王已陶醉得闭上了眼睛。许久，周穆王缓缓睁开眼睛，连声赞叹："妙哉，妙哉！这是什么枣？"姑娘忙答："这是我们这里的特产，最早是野枣，现在我们已自己种植了。"周穆王感叹："真想不到，西域有如此好枣。"看来，这里气候干，烈日当头，居然因此别有造化，也是天意。

传说只是传说，但哈密大枣具有个大、皮薄、核小、肉厚、颜色好、含糖量高、干而不皱的优点，大者如核桃，号称"红宝石"，确实是属于国际市场上的一流果品。当年哈密王的 15 处果园，就有 4 处是种枣的，并把枣子当贡品进献清廷。

因哈密大枣深受世人喜爱，有着广阔的市场前景，所以，现在哈密的大多数乡村都有大枣园。特别是四堡、五堡一带，枣园连着枣园，很有规模。

（茹青）